외국 유학생이
본 평양

평양에서 유학한 4인의 이야기

외국 유학생이 본 평양

| 주철수 지음 |

PYONGYANG

좋은땅

주체사상탑에서 내려다본 평양

장군봉에서 내려다본 천지연

머리말

1945년 8월 15일 꿈에도 그리던 해방이 되었지만 1947년 7월에 38선 출입이 봉쇄되고 통행 금지령이 내려짐에 따라 남과 북은 분단 상태에 이른다. 게다가 3년 후인 1950년 6.25전쟁의 발발로 고착화되었다. 이후 양측의 적대시 정책에 따라 이념 대립과 체제 경쟁이 가속화되었고 1960~1970년대엔 최고조에 달해 그 시기에 교육을 받은 사람들은 붉은색만 보아도 공산주의를 연상할 정도로 갈등의 골은 깊어져 민족적인 동질성은커녕 타도의 대상으로 생각했다.

아이러니하게도 이데올로기가 심화되고 베일에 가릴수록 북한에 대한 궁금증은 증폭되었고, 호기심까지 생겼다.

그러한 호기심을 갖고 있던 중 필자는 중국 흑룡강 동방대학에 부임했으며 이후 북한을 다녀온 많은 조선족을 만났다. 그들은 대개 사업차 나진, 선봉 등 경제특구를 다녀왔거나 또는 관광객으로 평양, 백두산, 묘향산, 개성, 판문점 등의 관광지를 단기간에 여행사의 스케줄에 따라 한정된 장소에만 다녀와 북한의 속살을 보는 데 한계가 있을 수밖에 없었다. 필자는 운이 좋게도 평양에서 유학했던 4명의 학생과 교수를 만날 수 있었다.

이들 중 제일 먼저 유학을 다녀온 사람은 김미화 교수다. 그녀는 2005년 4월부터 2008년 말까지 평양의 김일성대학에서 수학했으며 박사 학위를 받고 대학 교수로 재직 중인 분이다.

나머지 3명은 한족으로 흑룡강대학 3학년에 재학 중 국비 장학생으로 선정되어 김일성대학과 김형직사범대학에 유학을 다녀온 학생이다.

이들은 장기간 평양에 살았고 여러 곳을 여행하기도 해 북한 사회의 실상에 관해 많은 것을 알고 있었고 비교적 객관적인 시각에서 북한을 보고 있었다.

필자는 이들에게 들은 이야기를 가감 없이 그대로 정리해『외국 유학생이 본 평양』이라는 제목으로 본서를 출간하게 되었다.

'우동희 편'에서는 2016년도에 평양의 김형직사범대에서 수학한 우동희가 느낀 바를 다루었다. 그녀는 열렬한 한류 팬이라 한국을 호의적으로 본 반면 북한을 비판적 시각으로 보았다.

때로는 외국인이 출입해서는 안 되는 출입금지 구역을 다니기도 했고, 우리나라에서는 아직 공개된 적이 없는 6.25전쟁 중에 중공군 사령부로 사용되었던 사령부 내부와 모택동 주석의 아들 모안영이 희생된 곳도 둘러보았고 사진도 찍었다.

'김미화 편'은 2005년부터 2008년까지 3년간 유학을 한 김미화 교수가 본 북한의 모습이다. 그녀가 유학한 시기는 북한이 고난의 행군을 끝낸 지 얼마 되지 않은 때라 당시 주민의 삶이 얼마나 궁핍한지를 알 수 있다. 그때는 외국인에 대한 통제도 심해 외출도 3인 이상이 되어야 가능했으며 목욕탕과 병원은 지정된 시각에만 허락이 되었고 백화점은 아예 출입이 금지되었다. 통제만이 아니었다. 감시도 철저해 수업 중에는 학생이 한 명에 불과한데도 내내 감시인의 감시를 받아야 했고 교수와의 대화도 금지됐으며 전화도 감청을 당한다. 그러한 가운데서도 뇌물이 횡행해 해결사 역할을 하는 모순적인 사회구조를 보이고 있다.

'한로 편'에서는 2017년에 김일성대학에서 수학한 한로가 본 평양의 모습이 묘사되어 있다. 그녀가 유학한 시기는 평양이 새롭게 단장된 후라서 앞서 유학을 했던 선배들이 보았던 평양의 모습과 달리 상당한 변화가 있음을 알 수 있다. 여명거리와 미래과학자거리 등 새로운 고층 아파트 단지가 생겨났고 지하철도 새로운 차량으로 교체되었으며 위락 시설도 새로 생기거나 개선되어 삶의 질이 나아진 것을 알 수 있었다.

외국인에 대한 태도도 달라져 K-pop을 들어도 용인해 주고 사진 촬영이 금지된 구역에서 사진을 찍어도 압수하거나 제재를 가하지 않고 삭제만 한 후 돌려주었다.

원래 계획은 본서를 출간하기보다는 북한의 여러 곳의 모습을 생생하게 담은 사진을 화보집으로 내는 것이었다. 그러나 제자들이 유학 생활 중에 보고 느끼면서 들려준 이야기도 흘리기에 아까워 사진과 함께 정리해 책으로 엮어 보았다. 본서를 읽고 북한을 이해하는 데 도움이 되기를 바란다.

목차

한로편

우 동 희 편

나는 아저씨와 함께 사진 찍을 마음이 눈곱만큼도 없어요

2015년 4월 6일 조선 평양 순안 국제공항 외국인 입국 심사대에서 입국 심사를 마친 후 수화물 검사를 받고 있었다. 입국 전에 철저히 준비를 했지만 그래도 긴장이 되어, 숨을 죽이며 기다리고 있었다. 옷가지와 책이 들어 있는 트렁크는 무사히 통과되었고 휴대폰도 이상이 없었다. 하지만 노트북을 점검한 담당자는 다시 한 번 점검을 한 후 1주일 후에 돌려주겠다고 말하고는 돌려주지 않았다. 문제가 될 만한 내용은 이미 다 삭제를 했기 때문에 별로 신경 쓰지 않고 기다리고 있었다.

일주일 후 다른 친구들은 노트북과 휴대폰을 받았다. 그러나 천진외대에서 온 이설의 휴대폰과 내 노트북은 돌려주지 않아 담당 선생님에게 이유를 물었더니 좀 더 기다리면 받을 수 있다면서 걱정 말라고 했다.

1주일 후에 돌려준다던 노트북은 4주가 지나도 감감무소식이었다. 뭔

평양 순안국제공항

가 문제가 된 것이 분명했다. 다시 한 번 기억을 더듬어 봤지만 한국과 관련된 내용은 다 삭제한 것이 분명했다. 그러면 무엇이 문제가 되었단 말인가?

입국한 지 34일이 되는 5월 6일, 담당 선생님으로부터 순안 공항 사무실로 오라는 전달을 받고는, 오후에 외사처 유학 담당 선생님을 따라 이설과 함께 순안 공항으로 갔다.

좀 늦어 불만스러웠지만 이제야 돌려받는다는 생각에 기뻐하면서 사무실 안으로 들어가 담당자에게 인사를 하자 그는 담배 연기를 내뿜으며 "이봐, 우동희 동무, 동무 노트북에 남조선 드라마가 두 편 있더군. 우리 조선에서는 남조선 영화나 드라마는 용납되지 않는 사실도 몰라? 노트북은 압수야"라고 했다.

조선에 오기 전에 외사처 담당 선생님과 조선에 유학을 다녀 온 선배들이 한국과 관련된 서적과 영화, 드라마 등은 압수당한다고 해서 모두 다 지우고 삭제를 했지만 하드 디스크에 저장된 두 편의 드라마를 깜빡 잊고 지우지 못했던 것이다.

이 말을 듣는 순간 심장이 멎는 듯했다. 내가 가슴을 졸인 이유는 〈닥터 이방인〉과 〈시티 헌터〉 내용 때문이었다.

〈닥터 이방인〉은 한국과 조선 간에 벌어지는 첩보 액션 드라마이다. 이 드라마의 줄거리는 남한의 유명한 심장 수술 전문의인 주인공의 아버지는 북한의 주석인 김일성의 심장 수술을 위해 아들과 함께 북한으로 입국해 수술을 성공적으로 마친 후 그곳에서 살아간다.

그런데 어느 날 그의 아버지가 갑자기 실종되자 그는 좌천되어 정치범 수용소로 추방되어 그곳에서 생활하면서 한 여인을 만나 연인 사이가 된다. 그녀가 임신을 하자 함께 탈북을 시도 하지만 남자 혼자만 탈북해 한국에서 심장의 의사로 활동하면서 두고 온 여인을 데려오기 위해 온갖 시련을 겪으며 진행되는 휴먼드라마다.

〈시티 헌터〉는 조선 정부의 도발에 피해를 본 한국 정부가 복수를 하기 위해 북파공작원을 비밀리에 조선으로 침투시켜 보복을 시도한다. 하지만 미국의 압박에 의해 남과 북이 협상을 맺게 되자 이들이 생환될 경우 비밀이 탄로 날까 봐 한국 정보부는 이들을 비밀리에 살해한다. 그런데 이들 중 한 명이 살아남아 정보책임자를 보복하는 과정을 그린 작품이다.

이들 드라마는 두 개 다 북조선과 관련된 것이다.

'아차! 큰 실수를 했구나. 이제 어떻게 되지?' 등 이런 저런 생각이 교차될 때 담당자의 "이 일로 더 이상 문제 삼지는 않겠다. 앞으로 다시는 이런 일이 없도록 조심해!"라는 말을 듣고서야 마음이 진정되었다.

이설도 휴대폰을 압수당했다. 그녀의 휴대폰에는 김정은을 희화화한 만화가 있었다. 그도 신경을 써서 한국과 관계된 모든 것들을 다 지웠는데 가장 문제가 될 수 있는 최고 존엄과 관련된 그 부분을 깜박 잊고 지우지 못했던 것이다.

그녀는 휴대폰을 압수당해도 아까워하지 않았다. 최고 존엄에 대한 모독은 큰 문제로 비화될 수도 있어 그녀는 연신 고개를 숙이고 잘못을 인정하며 사과를 했지만 나는 심기가 편치 못했다.

조선이 금지하는 한국 드라마를 갖고 입국한 것은 나의 실수이다. 그러나 그 영상물은 단지 나의 학습 수단일 따름이었다. 나는 한국 드라마나 영화를 반복해 보고 들으면서 듣기와 말하기 능력을 향상시켰다. 송중기 주연의 〈태양의 후예〉는 10번 이상을 보아 거의 모든 대사를 외울 수 있다. 그리고 한국 드라마와 영화가 있다고 해서 왜 남의 컴퓨터를 빼앗아 가나? 하드 디스크에 저장된 문제가 된 부분을 삭제한 후 돌려주거나 아니면 하드 디스크만 압수해도 될 텐데 왜 남의 물건을 빼앗는지 이해가 되지 않는다.

그리고 그 노트북은 국비유학생으로 뽑힌 손주를 위해서 팔순인 할아버지가 지난겨울 영하 30도의 혹한에도 불구하고 군고구마를 팔아서 모은 돈으로 구입한 것인데 빼앗기자 눈물이 쏟아졌다.

오늘날 한국의 한류는 지구촌 곳곳에 영향을 미치지 않는 곳이 없다. 왜 북조선은 5000년을 함께 살아온 같은 민족인데도 문을 잠근 채 폐쇄적일까? 참으로 이상하다. 이념적으로나 정치 체제적으로 상호 간에 경쟁을 하고 비난을 하는 것은 일견 이해가 되지만 영화나 드라마 등 문화·예술 부분까지 그럴 필요가 있을까.

노트북을 압수당하자 아깝고 서러운데 문밖을 나서는 순간 담당자는 "동무, 동무 같은 외국인을 이렇게 직접 만날 기회도 흔치 않는데 함께 사진을 찍자."고 했다. 어이가 없었다. 이 양반이 제정신이 있는 사람인지를 의심하면서 나는 단호히 "아니요. 저는 아저씨와 같이 사진 찍을 마음이 눈곱만큼도 없어요."라고 말하면서 우회적으로 불만을 토로했다.

나는 그날의 심정을 일기에 담았다.

지독하게도 운수가 없던 날
내 눈물아 슬픈 추억아
보고 싶은 내 컴퓨터야
숨이 멎은 듯 심장이 멈춰 버렸어

차갑게 얼어붙은 내 심장
동족 간의 갈등에 외국인인
내가 왜 희생을 당해야 하나?

▎불가근 불가원(不可近 不可遠) : 동숙생(同宿生)

평양 순안 공항을 출발해 시내를 지나 보통강 가에 자리한 외국인 전용 기숙사에 도착한 후 6층에 있는 방을 배정받았다. 옆방은 누구에게 배정되었는지 궁금해 담당 선생님에게 "우리 옆방은 누구지요?"라고 묻자, "여러분을 도와줄 이경연 동숙생이다. 너희들은 동숙생이란 말이 낯설 것이다. 동숙생은 여러분과 함께 생활하면서 학교에서나 기숙사에서 불편한 점이나 어려움이 있으면 도와주는 도우미이다. 문제가 있으면 언제든지 이 친구에게 말해라."고 말씀하셨다.

얼굴도 예쁘고 인상도 퍽 좋아 보이는 그녀는 김형직사범대 음악과에서 피아노를 전공한다고 자신을 소개했다. 강의 시간을 빼고는 항상 같이 지내야 할 사이라 친구처럼 지내고 싶었다. 그녀도 우리의 뜻을 알았는지 퍽이나 친절하게 대해 주었다.

그녀와 우리 사이는 상당 기간 아무런 문제없이 웃고 즐기면서 서로를 이해하면서 즐겁게 지냈다. 한동안 지속되었던 좋은 관계는 1주일이 지나자 서먹해졌다.

오전 8시에 시작하는 수업은 정오 12시면 끝난다. 수업을 마치고 기숙사로 돌아와 섬심 식사를 하고 나면 공부 이외에 딱히 할 만한 것이 없다.

특별한 일이 아니면 사람들과 접촉도 금지되어 친구도 사귈 수 없고 영화를 보려고 해도 외사처 선생님의 허락을 받아야 하기 때문에 번거롭고 귀찮아서 보지 않았다. TV를 보려고 해도 채널도 2~3개뿐이고, 내용도 정치적인 뉴스나 요리에 관한 것뿐, 정작 우리가 관심이 있는 오락 프로나 사랑을 소재로 한 드라마나 영화는 방영되지 않아 시청하지 않았다.

동숙생과 함께

이럴 땐 노트북이라도 있으면 무료함을 달랠 수 있겠지만 입국 때 압수를 당해 마땅한 소일거리가 없었고 그나마 유일하게 할 수 있는 것은 휴대폰에 녹음된 음악을 듣는 것이었다. 그중에는 내가 좋아하는 한국 가수들의 노래도 있었지만 감히 들을 수가 없어 우리 중국 가수들의 노래만 들으니 싫증이 났다.

마침 어느 토요일 오후 동숙생이 외출했다. 예전과는 달리 화장도 하고 예쁜 옷으로 갈아입은 것으로 보아 외출 시간이 길어질 것 같아, 평소에 즐겨 듣던 한국 노래를 들으면서 그간 모아 두었던 빨래를 하고 있었다. 이때 밖에서 인기척이 나 하던 빨래를 멈추고 문을 열고 나갔더니 동숙생이 이미 와 있었다. 빨래 소리와 노래 소리 때문에 그녀가 돌아온 줄을 몰랐던 것이다.

실내복으로 갈아입은 것을 보니 돌아온 지가 꽤 된 듯했다. 그 사이에 그녀도 이 노래를 들었을 것이다. 빨리 가서 휴대폰을 꺼야 하는데 발걸음이 떨어지질 않았다. 곁눈으로 그녀의 눈치를 살펴보면서 떨리는 손으로 끄기는 했지만 걱정이 태산 같았다.

그 이후 별다른 반응이 없는 것으로 보아 못 들은 척 봐주는 것 같았지만 그래도 그녀가 방에 없을 때는 생활지도 선생님께 이 사실을 보고하러 갔을지도 모른다는 생각에 한동안 마음이 불안했다.

숨어서 피우는 담배는 왜 맛이 좋을까?

K-pop 때문에 큰 곤욕을 치른 후 다시는 한국과 관련된 것은 보지도 않고 듣지도 않을 것이라고 다짐을 했지만 수업 후에는 마땅히 할 만한 소일거리가 없어 하루하루가 지루했다.

그 이면에는 한국 드라마 〈태양의 후예〉가 자리 잡고 있었다. 평양에 오기 전까지는 그 드라마에 빠져 한 회라도 보지 않고는 안달이 날 정도로 심취했는데….

끝까지 보지 못하고 온 것이 못내 아쉬웠다. 시간이 거듭 될수록 그 드라마가 눈에 아롱거렸다. 주인공 송중기 오빠는 어떻게 되었을까? 송혜교의 헤어스타일은 어떻게 변했을까? 궁금한 것이 한두 가지가 아니었다.

드라마 〈태양의 후예〉는 나 혼자만이 갖고 있는 궁금증이 아니었다. 동북에 사는 우리만 그 드라마에 빠진 줄 알았는데 남방 출신이든 북방 출신이든 지역을 가리지 않고 한류에 빠져 있었다. 보고 싶어 애만 태울 뿐 딱히 이를 해결할 방법은 없었다.

한창 이야기꽃을 피울 무렵 북경외대에서 온 친구가 우리의 귀를 의심케 하는 말을 했다. "내 선배 중에 한 분이 이곳 평양 신화사 통신 특파원으로 근무하고 있어. 그 선배를 통하면 어쩌면 길이 있을 수 있을 것 같다."라고 했다. 그 말을 듣는 순간 우리는 너무 기뻐서 어찌할 바를 몰랐다.

바로 그날 저녁에 우리는 그녀의 선배 집으로 갔다. 우리가 생각한 대로 그 선배는 중국 CCTV 등 중국 방송 시청은 물론 인터넷과 웨이신도 자유롭게 할 수 있었다. 우리는 그 선배에게 양해를 구하고 여태까지 보지 못한 후속편을 다운받은 후 USB에 담아와 즐겁게 보곤 했다.

한 번 본 드라마는 마약과도 같아 매일 보지 않고는 견딜 수가 없었다. 그렇다고 매일 가서 가져 올 수도 없어 1주일에 한 번씩 담아 오곤 했다.

USB를 가져오는 날이면 모두가 방문을 걸어 잠그고 드라마에 빠졌다. 어떤 땐 문이 잘못 잠겨, 동숙생에게 들키기도 했지만 잽싸게 중국 드라마로 전환해 위기를 모면하곤 했다.

〈태양의 후예〉는 아무리 봐도 재미있는 드라마다. 그러나 그중에서 조선에서 유학 중에 숨어 보았던 부분이 가장 드라마틱해 잊을 수 없다. 그 까닭은 드라마가 전개되는 상황도 극적이고 감동적이지만 동숙생의 눈을 속여 가면서 몰래 보는 쾌감까지 더하니까 그랬다.

고중 시절 남자 친구의 말이 생각났다.

'담배 맛은 화장실에서 선생님의 눈을 피해 피울 때가 제일 좋았다.'

동숙생의 감시에서 벗어나 자유를 맛보다

7월이 되자 온 대지가 타고 있었다. 김형직사범대 교정도 예외가 아니었다. 매미 소리가 교정 곳곳에서 들려왔다. 학생들은 누구 할 것 없이 나무 그늘 밑을 찾았다. 7월 20일경이 지나자 학생들의 수가 눈에 띄게 줄어들었다. 조선의 대학도 우리와 마찬가지로 시험이 끝나면 바로 방학으로 이어져 학생들은 고향으로 돌아간다.

김형직사범대학 입구

우리 유학생들도 학수고대하던 방학을 맞이해 마음이 홀가분했다. 우리가 방학을 기다린 이유는 동숙생의 감시에서 벗어나 그동안 보지 못한 한국 드라마를 발 뻗고 마음껏 볼 수 있기 때문이다.

그러나 우리의 기대와는 달리 동숙생은 기숙사에 있을 것이라고 했다. 실망스러웠지만 그나마 다행히도 방학이 거의 끝날 무렵인 9월 2일부터 9

월 13일까지 개성 고향집에 다녀오겠다고 했다. 열흘에 지나지 않지만 그래도 춘애와 나는 껑충껑충 뛰면서 "자유다!"라고 외치며 기뻐했다.

새 학기가 시작되자 그녀도 돌아왔고 교정은 다시 활기를 되찾으면서 면학 분위기로 변했다. 학기가 바뀌자 그녀에게 많은 변화가 있었다. 우리가 드라마를 보아도 눈감아 주었고, 첫사랑 이야기를 나눌 정도로 서로 간에 정서적 교감을 나누었고 신뢰감도 쌓여 이따금 정치적인 이야기도 했다.

그럴 땐 평소와는 다르게 눈빛부터 달랐다. 자신들은 김정은 동지의 보살핌 속에서 남부럽지 않게 잘 살고 있는 반면 동족인 남조선은 경제적으로 자신들보다 더 나은 것은 사실이지만 빈부 격차가 심해 거리에 거지와 노숙자들이 득실거리며 정부에 불만을 가진 사람들이 매일 데모를 하고 노동자, 농민들은 열악한 환경과 기아에 시달린다고 비판하면서 조선이야말로 세상에서 가장 살기 좋은 나라라고 자랑하기 일쑤였다.

나는 한국에 살아 본 적은 없지만 영화나 드라마를 통해서 본 한국은 그녀가 말하는 것과 정반대로 평화롭고 풍요로움과 여유가 넘치는 나라인데 어째서 그러한 사고를 가졌는지 도무지 이해할 수 없었다.

3달 만에 받은 편지

내가 조선으로 가기 전 할머니는 노환으로 입원 중이었다.

"동이야, 이 할미 걱정은 하지 말고 부디 공부 열심히 해라. 요즘은 정신도 맑고 걸을 수도 있으니 곧 퇴원할 거야."

"예, 할머니. 할머니 말씀대로 열심히 공부하겠습니다."

"그래야지. 그리고 조선이라는 나라는 좀 특이한 나라라고 하더라만 거기도 다 사람 사는 곳이니 별일이야 있겠어. 몸조심하고 잘 다녀오너라."

할머니의 말씀을 듣고 병원 문을 나서려니 눈물이 쏟아졌다. 아버지와 어머니가 성격이 맞지 않아 헤어진 후 할머니는 그 충격으로 실명을 하셨지만 그럼에도 불구하고 어머니가 없는 빈자리를 채워 주신 분이다.

평양에 도착한 후 그 이튿날 할머니께 전화를 하려고 했으나, 분당 2달러나 되는 비싼 요금 때문에 전화는 하지 못하고 대신에 편지를 썼다. 부치는 것도 쉽지 않았다. 우체통을 찾아서 주변을 한 시간이나 돌아봐도 찾을 수가 없어 평양 중앙 우체국까지 1시간 20분이나 걸어가야만 했다. 우체국 직원은 주소를 보고는 한 일주일이 소요될 것이라고 했다.

그러나 편지를 발송한 지 40일이 지나도록 아무런 소식이 없었다. 무언가 문제가 있는 듯했다. 무소식이 희소식이라 별일이 없어 연락을 않겠지 하고 생각하니 마음은 편했다. 그러나 한편으로 입국 시 순안공항에서 압수당한 노트북 때문에 블랙리스트 명단에 올라, 서신 검열에 걸려 요주의 인물로 낙인찍혀 그럴까 하는 생각도 들었다.

날이 갈수록 궁금증이 더해 갈 때, 드디어 3달 만에 아버지로부터 연락이 왔다. 평양에 도착한 후 바로 연락을 한다고 약속을 했음에도 왜 늦었냐며 나무랐다. 아무리 생각해 봐도 납득이 되질 않았다. 중국과 조선은 국경을 맞대고 있다. 신의주에서 압록강 다리만 건너면 중국의 단동이고 두만강 쪽에서는 걸어서 가더라도 조선족 자치주인 연길까지 2시간도 안 걸리는 가까운 거리인데도 3개월이 넘어서야 편지를 받았다니 도무지 이해가 되지 않았다.

강의실에 그 흔한 컴퓨터가 한 대도 없다니!

내가 유학을 했던 김형직사범대는 평양시 동대원에 자리 잡고 있는 고중 교사를 양성하는 조선의 명문대학이다. 커리큘럼은 내국인의 경우 수학, 물리, 화학, 철학, 문학, 외국어, 체육과 예술 등의 과목이며 우리와 같은 외국인 교환 유학생의 경우 조선어 강독, 조선어 쓰기, 문법, 조선 지리, 음악과 태권도 등이다.

수업을 담당하는 교수님들은 인품도 훌륭하며 강의에 대한 열정도 대단하다. 그중에서도 음악 담당 교수님이 제일 돋보였는데 전형적인 성악가 풍의 외모에 성량이 풍부해 멋진 가락으로 〈아리랑〉이나 〈도라지 타령〉을 부를 때는 우리 모두가 어깨를 들썩거리며 즐거워했다.

그런데도 불구하고 교육 시설은 열악하기 짝이 없다. 교실 안에는 고작 구식의 낡은 TV, 칠판, 강의용 교탁, 풍금, 정면 중앙 상단에는 김일성, 김정일 초상화가 걸려 있는 것이 전부다.

오늘날 교육에서 가장 기본적인 학습 도구는 컴퓨터이다. 컴퓨터 없는 교실은 상상도 할 수 없으며 이것이 있어야만 다양한 시청각 교육이 가능하다. 그러나 이 대학의 교실에는 그 흔한 컴퓨터가 한 대도 없다.

음악 시간에도 피아노 대신에 1960년대 소학교 교실에서나 볼 수 있었던 풍금을 사용한다.

더욱더 놀란 것은 우리가 사용하는 교과서 종이의 질이다. 흔히들 똥 종이라고 하는 그 회색 종이는 흐느적거려 위에 글을 쓸 수가 없다.

교실에 있는 학습기자재부터 교과서, 노트와 필기구에 이르기까지 그 질은 너무나도 빈약했다.

식단표를 보고 느낀 자괴감

도착 첫날 저녁 식사를 위해 식당에 갔을 때 식단표를 보고서 적잖이 놀랐다. 요일마다 다르게 짜인 메뉴는 흰쌀죽, 쌀밥, 무국, 낙지구이, 감자볶음, 유티화, 오이부루장, 맑은국, 기름충지짐, 남재죽, 단졸임, 남새말이튀김, 물교즈, 소젖발효지짐, 유란즙 친 닭알찜, 감자토장국, 오이초침, 다진 돼지고기구이, 빨간무우초침, 쥐무우 초침흰쌀죽, 쥐무우초침, 오리고기 붉은 조림 등이다. 이 중에서 내가 알 수 있는 메뉴는 고작 낙지구이, 쌀밥, 감자볶음, 무국, 흰쌀죽이 전부였다.

오랫동안 한국어를 공부하면서 사전을 거의 통째로 암기하다시피 했는데 가장 기본적인 음식명조차 절반도 모르니 기가 찼다.

쌀을 주식으로 하는 우리에게 기숙사의 식사는 괜찮은 편이었다. 특히 토요일은 기존 반찬 외에 3가지가 추가된다. 우리는 이날을 특식 데이라고 부르며 몹시 기대한다. 이외에도 특식이 나오는 날은 우리의 생일날이다. 누구든 생일날이면 닭날개, 토마토, 계란이 추가된다.

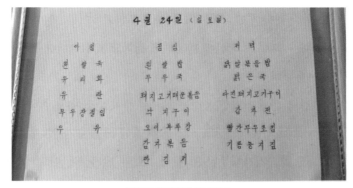

김형직사범대학 식단표 1

이 밖에도 특식이 나오는 날은 신정, 설날, 정월대보름, 김정일 생일 (2.16), 국제 부녀절(3.8), 김일성 생일(4.15), 인민군창건일(4.25), 국제노동절(5.1), 조국해방 승리의 날(7.27), 조국해방기념일(8.15), 추석, 정권창건일(9.9), 노동당창건일(10.10), 헌법절(12.27)과 같은 조선의 공휴일이며, 이때 떡, 생선, 소시지, 달걀, 주스, 토마토, 딸기, 사과, 바나나. 수박등의 특식이 나온다. 이 중에서 김일성과 김정일의 생일날에 나오는 특식이 가장 푸짐하다.

김형직사범대학 식단표 2

또 한 번의 특식을 먹는 날은 음력 5월 5일 단옷날이다. 이날 우리나라에서는 축제일이자 우국충정의 날이지만 조선에는 특별한 행사도 없으며 특식도 나오지 않지만, 우리 대사관에서 대나무 잎이나 옥수수 잎에 찹쌀과 대추를 넣어 만든 쫑즈와 교자(만두)를 보낸다.

쫑즈는 우리나라에서는 인기가 많고 흔한 음식이며 그 유래 또한 나라 사랑에 관련된 것이라 우리 중국인들은 누구나 좋아한다.

초나라 시대에 왕실 귀족 출신의 정치가이자 시인이었던 굴원은 회왕에게 부패를 청산하고 정치를 잘하도록 고언을 했다. 회왕은 그의 충정어린 고언을 받아들이기는커녕 오히려 그를 유배를 보냈고 결국 초나라는 진나라에 함락 당한다. 유배 중에 나라가 망했다는 소식을 들은 굴원은 비통해 하면서 멱라강에 투신해 자결한다.

굴원의 자결 사실을 알게 된 사람들은 물고기가 그의 사체를 뜯어 먹지 않도록 쫑즈를 만들어 강물에 던졌다. 이후 사람들은 그의 애국심에 감동을 받아 추모를 하고 있으며, 이날이 되면 쫑즈를 만들어 먹는다.

음식 이야기가 나온 김에 또 하나 빼놓을 수 없는 것이 용학산으로 소풍을 갈 때 가져간 도시락이다.

평양 변두리 만경대 지역에 자리한 용악산은 기기묘묘한 기암괴석이 마치 용이 하늘로 승천하는 모습에다가 주변이 숲으로 우거져 평양 인에게 인기 있는 곳이다. 이런 아름다운 경치를 즐기면서 준비해 간 도시락을 꺼냈을 때 입맛이 싹 가시었다. 말라빠진 명태조림과 달걀말이가 반찬의 전부였다. 더욱더 못마땅한 것은 생활담당 지도 선생님과 동숙생의 태도였다. 그들은 이미 도시락이 부실함을 알았는지 절인 돼지고기와 양파, 마늘, 된장과 버너를 준비해 와 옆에서 지글지글 굽고 있었다. 절인 돼지고기에서 나오는 구수한 냄새는 입맛을 자극해 침이 저절로 나왔다. 곁눈질을 하면서 혹시 한 점 먹어 보라고 할까 봐 기다렸지만 끝내 그런 말은 듣지 못했다. 여러 번 소풍을 다녔지만 용악산 소풍만큼 기분이 상한 소풍은 없었다.

끝내 찾지 못한 남자 친구

내 또래의 친구들의 주된 관심사 중 하나는 멋진 남자 친구를 갖는 것이다. 나 또한 예외가 아니었다. 부모님의 품을 벗어나 자유의 몸이라 마음만 먹으면 친구 이상의 관계도 가능하다. 특히 나 같은 외국인에게는 젊은 남자는 이성 친구이자 언어와 문화를 배울 수 있는 학습 도구로서의 기능도 갖기 때문에 사귀고 싶은 것이 솔직한 심정이었다.

그러한 친구를 찾을 수 있는 곳은 학교가 제일 좋지만 그렇지 못했다. 수업이 끝난 후에는 스쿨버스를 타고 보통강변에 있는 외국인 숙소로 바로 돌아가기 때문에 학교에서 남자와 접촉할 기회는 전혀 없으며 가끔 운동장을 걸어가는 모습을 먼발치에서 바라만 볼 뿐이다.

5월 초순 대동강 주변에 가로수들이 푸르게 물들고 용악산 기슭에 울긋불긋 꽃이 피자 평양은 또 다른 아름다운 모습을 드러냈다. 봄맞이도 하고 쇼핑도 할 겸 춘애와 함께 오랜만에 젊은 남녀들이 많이 모이는 개성 영화관 부근으로 갔다.

티켓을 사는 척하면서 영화관 주변을 몇 번이나 돌면서 괜찮은 남자가 있는지 찾아보았지만 아무런 소득이 없었다. 그 다음 주 토요일도 갔지만 역시 허탕이었다.

송중기 오빠 정도로 잘생긴 얼굴은 아닐지라도 기본적인 외모는 가져야 마음이 갈 텐데 하나같이 체격은 왜소하고 얼굴은 구릿빛에 나이까지 들어 보여 꿈을 접었다.

나중에 안 사실이지만 조선의 남자 대학생이 늙어 보이고 얼굴이 검붉게 타 볼품없는 모습은 바로 조선의 교육제도 때문이었다.

왜냐하면 남자는 고중을 졸업한 후 대학에 바로 진학할 수도 있지만 대부분의 경우 7~10년간의 군복무를 마친 후에 대학에 진학한다. 체격이 왜소한 것은 발육이 한창 진행 때인 10대 후반에 많은 영양분이 필요한데도 그렇지 못해 성장이 제대로 되지 못해서이고, 얼굴이 구릿빛으로 탄 것은 오랫동안 군사훈련을 받았기 때문이다.

반면에 남남북녀란 말처럼 평양의 여자들은 참으로 예쁘다. 우리 중국의 미인은 대다수가 동북 출신이다. 그중에서도 하얼빈이 제일 많다. 평양은 우리 동북 3성과 지근거리에 있다. 평양에 미인이 많은 것은 그런 지리적인 요인 때문이 아닐까?

조선 젊은이들의 행복 지수는?

나의 동숙생은 개성 출신이며 아버지는 개성시 고위직 공무원이라고 했다. 처음에는 나의 감시자 같아 그녀와 나 사이에 차가운 벽이 있었으나 시간이 지남에 따라 차츰 서로를 이해하게 되었고 속마음도 터놓았다. 그녀는 시내 곳곳에서 볼 수 있듯 '세상에 부러운 것 없어라. 우리는 행복하다.'라는 캐치프레이즈처럼 진정으로 조선을 사랑하고 세상에 부러움이 없는 듯했다.

그러나 내가 보기에는 답답하고 불쌍하고 애처로워 보였지만 그녀가 그렇게 느끼고 생각하니 그녀를 위해선 참으로 다행이라는 생각이 들었다.

폐쇄된 사회에서 외부로부터 오는 정보가 차단된 채 선별적인 정보만 세공받는 상황에서 비교 대상도 없이 교육받은 대로 생각할 수밖에 없으니 만족스럽게 생각하는 것은 당연해 보인다. 그러나 닫힌 문이 열리고 외부 세계로 눈을 돌린다면 과연 그녀의 입에서 어떤 말이 나올까?

어느 작가가 '높이 나는 새가 멀리 본다.'고 했듯이 그녀가 볼 수 있는 가시 권은 극히 제한적이라 그렇게 판단할 수밖에 없으니 애처롭기 짝이 없었다.

동무! 똑바로 걸으라우

차이콥스키가 작곡한 〈백조의 호수〉의 주인공인 오데트처럼 나는 대동 강의 백조가 되어 금수산 궁전을 지키는 잘생긴 초병에게 다가가 날갯짓 을 한다. 그는 나의 우아한 날갯짓에 반해 함께 날개를 펼치며 영원한 행 복의 나라로 향한다.

"이봐, 동무 길을 똑바로 걸으라우. 앞도 보지 않고 그렇게 멍청하게 걷 다니!"라는 중년 남성의 날카로운 목소리를 듣고서야 비로소 황홀감에서 깨어났다.

내가 한순간이나마 공주병에 걸려 백조로 변신한 것은 거리를 걷는 평 양 시민들이 나를 그렇게 만든 것이다. 나는 중국 변방 동북에서 온 평범 한 유학생에 지나지 않는다. 그런데 내가 길거리를 걸어가면 온 시선이 나에게 집중된다. 마치 한류 스타들이 중국에 와 공연할 때 그 멋진 모습 에 반해 열광하듯이 평양 사람들도 나에게 부러움의 눈길을 보낸다.

그들이 나를 그런 눈으로 보는 것은 내가 잘나서가 아니라 바로 나의 옷 때문이다. 그렇다고 내가 평양에 오기 전에 루이비통과 같은 명품 옷을 입고 온 것도 아니다. 그저 평범한 우리나라 옷을 입고 왔을 따름이다. 그런데도 평양 시민이 그렇게 보게 된 것은 상대적으로 그들의 의복이 나의 옷보다 질이 떨어지기 때문이다.

그들이 입고 있는 옷은 천의 질이 떨어지고 색상과 디자인도 단순해 누추하고 볼품이 없다. 남성들의 옷은 대개 카키색 인민복이고 대학생은 흰색 와이셔츠에 검정색 바지이며, 여성은 검정색이나 회색 등의 정장이다. 9.9절 등 행사시에 여성들이 입는 치마저고리도 주로 하늘색, 분홍색, 연두색 흰색 등의 단색뿐이라 한국 여성들이 입는 다양한 색상과 디자인된 옷에 비해서 초라해 보인다.

몰래 쓰는 말레이시아 화장품

외출을 할 때마다 뭇 사람들의 시선이 집중되자 허영심이 생기고 외출이 잦아져 외모에 더 신경을 쓰게 되었다. 로션 등 기본 화장품은 준비해 왔지만 메이크업에 필요한 화장품은 가져오지 않아, 제대로 화장을 할 수 없어 조선 화장품을 구입하려 했지만 그것을 사용해 본 친구들이 여드름이 생기는 등 부작용이 심하다고 해 사용할 수 없었다. 그렇다고 아버지께 보내 달라고 할 형편도 아니었다.

물론 평양에서도 돈만 있으면 크리스찬 디올, 랑콤, 에스티로더, 시세이도 등 명품 화장품도 얼마든지 구입할 수 있지만 그러한 명품을 살 형편이 못되어 말레이시아산 화장품을 사용했다.

어느 날 동숙생의 방에 들렀을 때 그녀가 프랑스산 고급향수인 크리스찬 디올을 사용하는 것을 보고는 자존심이 무척 상하고 질투심까지 느껴

평양 락원백화점

저, 그날 이후 동숙생이 볼 수 있는 곳에는 우리나라 제품을 올려놓고 보이지 않는 곳에 말레이시아산 제품을 숨겨 두고 몰래 사용했다.

하염없이 흘린 눈물, 제7차 노동자 대회

날씨가 더운데도 정장까지 입었으니 온몸에서 땀이 줄줄 흘러내렸다.

출발하기 전 선생님께서는 "휴대폰과 카메라는 물론 열쇠 등 일체의 금속성 물품을 휴대해서는 안 된다."라고 말씀하신 후, 조선 노동당 제7차 대회 입장권과 경축 초대권을 나누어 주었다. 우리는 소지할 수 없는 금지 품목은 모두 다 차에 두고 여권, 학생증, 입장권만 가지고 내렸다.

김일성광장 입구에는 벌써 차례를 기다리는 사람들이 길게 줄지어 있었고 검색대에서 군인들이 검색을 하고 있었다. 차례차례 순서대로 입장하는 평양인들은 한 치의 오차 없이 질서정연하게 입장했으며 표정 또한 진지했다. 우리는 외국인석으로 가 자리를 잡았다. 광장에는 벌써 빨간 꽃술은 든 여성들로 가득했으며 스탠드에는 정장을 한 남자들로 채워져 있었다.

얼마 후 군중들의 시선은 광장 주석단으로 쏠렸다. "와!" 하는 함성과 더불어 뚱뚱한 한 젊은이가 나타났다. 그와 나와의 거리는 불과 50m에 지나지 않아 그가 이 나라의 최고 지도자인 김정은임을 금방 알 수 있었다. 곧이어 화동이 꽃을 바치고 수많은 여성들이 꽃술을 흔들자 김일성 광장은 온통 꽃 바다로 변했고 곳곳에서 절규하듯 "원수님, 원수님, 위대한 원수님!" 외치며 눈물을 흘렸다.

처음에는 그들이 왜 우는지 이해가 되지 않았다. 그런데 내 자리 가까이에 있는 한 남성이 대성통곡을 하면서 '장군님, 장군님!' 하면서 절규했다.

그의 감동적인 눈물은 나의 가슴을 찡하게 했고 순간 나도 모르게 눈물이 솟구쳤다. 한 번 터진 눈물은 계속되었고 급기야 목에서 들릴락 말락 할 정도로 나 역시 "장군님, 장군님!"이란 말이 저절로 나왔다. 눈물이 더 쏟아질수록 그에 대한 흠모는 더해졌고 더욱더 애절하게 "원수님, 원수님, 장군님!"이라고 울부짖었다.

장내 아나운서의 "이어서 자랑스러운 조선 노동당 당기가 입장하겠습니다."라는 멘트를 듣는 순간 의식을 되찾은 후, 내가 왜 울면서 '원수님'이라고 불렀을까 생각해 보았지만 별다른 생각이 떠오르지 않았다.

그러나 이상하게도 그 행사 이후 내 마음 한구석에는 평양인과 정서적인 공감대가 생겼다. 비록 한 번의 참석이었지만 동류의식이 생겨나고 공감대를 느꼈을 정도였으니 반복될 경우엔 오죽하겠는가?

이런 느낌과 감정이 바로 오늘날 조선을 떠받치고 있는 원동력이 아닐까!

편지를 쓸게요

평양에 살다 보면 부족하거나 열악한 것이 한두 가지가 아니다. 통신 사정도 그중에 하나다. 이곳에 온 지 얼마 되지 않았을 때 우리는 영광역에서 지하철을 탔다. 출퇴근 시간대가 아니어서 차 안에는 빈자리가 몇 개 있었다. 마침 잘생긴 젊은 남자의 옆자리가 비어 있어 그 자리에 앉았다. 인상도 괜찮아 대화를 하고 싶었지만 선 듯 용기가 나지 않았다. 그때 춘애가 "평양은 지하철 역사가 참 아름답다."고 하자 옆에 앉은 청년이 우리의 대화를 듣고는 정답게 "니 하오"라며 인사를 했다.

그는 평양 외국어대 2학년이며 중국어를 전공한다고 했다. 그의 중국어 실력은 상당해 기본적인 의사소통을 하는 데 별 지장이 없을 정도였다. 나도 내 자신을 소개했다. 대화를 할수록 그와 나는 더 가까워졌고 그도 나를 내심 좋아한다는 느낌을 눈빛으로 확인할 수 있었다.

나는 그에게 휴대폰 번호를 물었다. 그의 대답은 예상 밖이었다. 휴대폰 번호를 알려 주어도 통화가 불가능하다고 하면서 주소를 알려 주면 편지를 쓰겠다고 했다. "혹시 중국어 작문 능력을 향상시키기 위해서 그래요?"라고 물었더니 그게 아니었다.

평양에서 내국인과 외국인 간의 통화는 불가능했다. 왜냐하면 내국인과 외국인은 전화번호가 달랐다. 외국인은

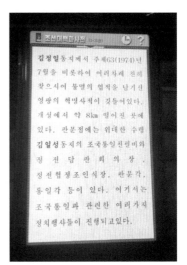

북한 아리랑 핸드폰

1361****이며 내국인은 1362****이라 연결 자체가 되지 않는다.

오늘날 웨이신이나 카카오톡을 이용하면 아프리카의 오지 마을이든 남미의 밀림 속이든 지구촌 어디든지 무료로 통화가 가능하다. 그런데도 우리나라의 성 정도밖에 안 되는 좁은 공간에서 서로 통화가 안 된다고 하니 이곳은 지구가 아닌 어느 다른 행성일까!

고요한 밤 거룩한 밤

내 고향 하얼빈의 추림 광장과 중앙대가는 밤이 되면 번쩍거리는 불빛으로 밝은 것을 넘어 눈이 부실 정도로 현란하다. 그에 비해 평양은 너무나 대조적이다. 유경호텔에서 나오는 희미한 빛이나 주체사상탑에서 타오르는 봉화를 제외하고는 불빛이 별로 없어 과연 이 도시가 250만 명의 사람들이 사는 곳인가라는 의구심을 가질 정도로 어둡다.

주체사상탑에서 내려다본 평양

전력이 부족한 것을 곳곳에서 느낄 수 있다. 우리가 사는 외국인 기숙사도 하룻밤 사이에 몇 번이나 정전이 돼 스탠드는 5~6초씩 깜빡거리다가 다시 들어오기를 반복한다. 가로등도 일찍이 소등이 되기 때문에 밤에 외출을 하고 싶어도 외출을 자제해야 한다. 여름철엔 사정이 더 심각해 선풍기가 제대로 돌아가지 않아 아예 부채를 사용해야 한다.

전력 부족은 엘리베이터를 탈 때도 마찬가지다. 평양에 온 지 이틀째 되는 날, 6층 기숙사로 올라가기 위해 엘리베이터를 탔을 때 정전이 되어 갇힌 적이 있다. 이때 "살려 달라고!"라며 고함을 질렀지만 아무런 반응이 없어 공포에 질린 채 어찌할 바를 몰라 우왕좌왕할 때 다행히 전기가 들어와 위기를 모면한 적이 있다.

전력 부족으로 밤이 되면 도시 전체가 어둡기 때문에 평양은 밤 문화가 없어 초저녁부터 평온하게 잠든 모습이다

이 계집애야, 네 차례야

평양 생활 중 수돗물 때문에 여간 고생이 아니다. 수도관이 낡아서인지 아니면 대동강물이 오염되어서인지 3~4일 정도만 지나도 플라스틱 물통에 흙 찌꺼기가 쌓여 청소를 하지 않을 수 없다.

화장실의 변기도 재래식이라 용변을 보고 난 후에는 물통에 있는 물을 바가지에 떠서 직접 처리해야 하기 때문에 항상 물을 많이 저장해 두어야 한다. 그런데 그 큰 물통을 자주 씻는 것이 보통 고역이 아니어서 우리는 순번을 정해 세면장과 변기 청소를 하곤 했다. 그러나 여행 등으로 순

번이 바뀔 때는 청소 순서를 두고는
이따금씩 다투곤 하였다.

"오늘은 너 차례잖아?"

"무슨 소리야? 금요일은 네 차례
지."

"지난주엔 금강산에 여행을 갔다
왔으니 그날은 빼야지."

이렇게 춘애와 나는 세면장 청소
문제로 다투곤 했다.

이처럼 수돗물이 더러워 식수로
사용할 수 없기 때문에 외사처는 1

김형직사범대학 기숙사

달에 35개의 물병이 들어 있는 생수 한 박스를 제공한다. 하지만 여름에
는 이 양으로는 부족해 말레이시아산 음료수를 사서 마셔야 했다.

가슴이 콩닥콩닥, 미용실

평양에 오기 전까지는 한국 드라마에 빠져서 보지 않고는 하루도 지낼
수가 없었다. 한국 드라마는 그 내용을 넘어 연기자가 입고 있는 옷, 헤어
스타일, 소지품 등 모든 것이 영향을 미쳐 나도 모르게 송혜교의 헤어스
타일을 좋아해 평양에서도 그 헤어스타일을 하고 싶어 오기 전에 그녀의
앞, 뒤 모습이 담긴 사진을 가지고 왔다.

평양에 온 지 두 달이 지난 토요일 오후 창광원 내에 있는 미용실로 갔

다. 미용사는 '참 곱게 생겼다.'면서 벽에 붙어 있는 여러 개의 헤어스타일을 소개하고는 최근에 유행한다는 스타일을 추천했다. 생머리형인 그 스타일은 나의 취향에 맞지 않아 호주머니 속에 있는 휴대폰을 만지작거리며 "이 사진에 있는 스타일처럼 해 주세요?"라고 말하고 싶었지만 혹시 한국 탤런트란 사실을 알면 어쩌지 하는 생각 때문에 용기가 나지 않아 머뭇거리다가 그냥 나왔다.

며칠이 지나 다시 그 미용실을 찾아가 휴대폰 속의 사진을 보여 주면서 이렇게 해 달라고 하자 아무런 의심 없이 해 주었다. 행여나 그녀가 한국 탤런트라는 사실을 알면 어쩔까 하고 걱정되어 송혜교와 비슷한 얼굴을 가진 우리나라 배우 장설영이라고 거짓말을 하려고 했지만 다행스럽게도 송혜교를 모르고 있는 듯했다. 하지만 그녀가 머리카락을 손질하는 동안 내내 불안해 좌불안석이었다.

손질이 끝나자마자 나는 도망치듯 뛰쳐나오며 몇 번이나 뒤돌아보았다. 한국과 조선의 적대적인 관계가 외국인인 나의 머리카락에까지 영향을 주다니…

물맛일까? 손맛일까?

나는 여름철에는 냉면을 즐겨 먹는다. 냉면을 즐겨 먹게 된 것은 계서시에 살고 있는 조선족의 영향이 컸다.

한국 사람들이 만주라고 부르는 중국의 동북지역에는 조선족들이 많이 살고 있다. 나의 고향과 가까운 계서시에 살고 있는 조선족은 주로 함경도 사람들이다. 함경도는 우리나라의 길림성과 접해 있어 그들은 연변, 통화, 연길, 용정, 화룡, 훈춘 등 동만주 일대를 중심으로 많이 살고 있다. 여기서 조금 더 동북으로 올라가면 밀산, 계서, 가목사, 학강, 하얼빈, 아성과 오상 등의 북만주 지역인데 이곳에도 많은 조선족이 살고 있다. 그 중에서 계서에는 함경도 출신이 많다. 그들은 이곳에 정착한 이후에도 고향에서 먹었던 냉면을 즐겨 먹었다. 그들이 먹는 냉면이 맛있다고 소문이 나자 계서 일원에 살고 있는 우리 한족도 그 맛에 빠졌으며 후에는 주변 지역으로 퍼져 나가 오늘날 냉면은 계서뿐만 아니라 동북지역에 살고 있는 많은 사람들의 여름철 별미가 되었다.

7월 중순이 지나자 날씨가 무더워지면서 냉면 생각이 났다. 동숙생에게 평양에도 냉면집이 있는지 물어보았다. 그녀는 "인민 대학습당 근처에 있는 옥류관 냉면은 그 맛이 소문나 평양 사람이면 누구나 다 그 집을 알고 있다."고 하면서 꼭 가 보라고 했다.

옥류관 평양냉면

이튿날 우리는 삼복더위에도 불구하고 그 식당으로 갔다. 식당 앞에는 이미 많은 사람들이 줄지어 있었다. 30여 분을 기다린 후에야 비로소 자리가 나왔다.

평양냉면은 우선 보기부터 계서식 냉면과 달랐다. 계서식 냉면은 육수가 물인데 비해 평양냉면은 소고기, 돼지고기, 닭고기와 꿩고기를 달여서 만드는 육수라고 한다. 면도 전분과 메밀가루를 섞어서 그런지 쫄깃쫄깃해 식감이 좋고 꿩고기로 우려낸 시원한 육수는 이마에 흘러내리는 땀을 절로 멈추게 했다. 이런 맛 때문에 위대한 지도자도 다녀갔는지 홀 입구에는 김정일 국방위원장이 희사한 피아노가 있었다.

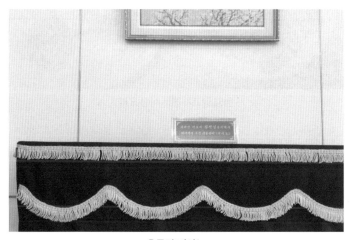

옥류관 피아노

단돈 3달러에 이런 맛을 즐길 수 있으니 평양의 미식가들이야말로 선택받은 선민들이 아닐까. (가격 : 3.8달러, 인민폐 : 30위안)

평양의 맛 하면 옥류관 냉면이 전부인 양 알고 있지만 닭고기 전문식당의 닭고기 맛도 냉면 맛에 못지않다. 상호가 닭고기 전문식당이라 그 이름이 이상하게 들릴 수 있지만 그 상호에 걸맞게 닭고기 요리만 전문으로 하는 식당이다.

적당한 크기로 자란 토종닭을 기름에 튀긴 후 갖가지 재료와 양념을 넣어 다시 살짝 튀긴 요리는 보기만 해도 군침이 돌고 입에 넣으면 바로 목구멍으로 직행할 정도로 맛이 좋다.

평양 닭고기 전문 식당 요리

우리 유학생들이 그 집을 자주 찾는 이유는 맛뿐만 아니라 마음이 너그러운 주인아저씨 때문이기도 하다. 평양에서는 백화점이나 호텔을 제외하고는 대부분 조선 화폐를 사용해야 하지만 그 집 주인아저씨는 우리가 미처 환전을 하지 못해 조선 화폐가 없을 경우 달러나 유로화도 받아 주고 환전도 후하게 해 준다. 인상도 좋을 뿐만 아니라 외국인을 배려해 주는 그런 아저씨야말로 평양을 빛내는 보이지 않는 외교관이 아닐까?

또 하나 빼놓을 수 없는 식당은 해맞이 식당이다. 날씨가 흐리거나 비가 와 마음이 적적하고 고향 생각이 날 때 자주 이용하는 식당이다. 이 식당은 소불고기 요리가 맛있는 집이다. 양념에 잘 버무려진 등심살을 철판 위에 펼친다. 지글거리는 소리와 함께 나오는 육즙 냄새는 입에서 군침이 절로 나온다. 적당하게 익은 고기를 간장 소스에 찍어 먹으면서 수다를 떨다 보면 고국에 대한 향수는 싹 사라진다.

그런데 어느 날 이 식당에서 식사를 마친 후 수다를 떨고 있을 때 철판 옆에 'made in Korea'란 글자가 보였다. 한국산 제품이 분명했다. 그런데

해맞이식당 구이판, 한국산 제품

어떻게 한국산 제품이 평양의 중심부에 있는 대식당에서 사용된단 말인가! 아무리 생각해 봐도 이해가 되지 않았다. 추측컨대 식당 주인이 영어를 모르거나 아니면 돈을 더 벌고 싶은 장삿속 때문일 것이다. 체제 유지와 주체 사상을 고려해 보면 후자는 아닌 것 같고 아마 무지 때문에 전자가 아닐까 하는 생각이 들었다.

무식하면 용감하다는 말은 바로 이 가게 주인과 같은 사람을 두고 하는 말이 아닐까?

닭다리 튀김이 맛있는 창광원 식당이나, 스파게티가 맛있는 모란 식당도 평양에서 맛 좋기로 소문난 식당이다. 가격은 3~4달러로 부담이 없어 자주 가는 맛집이었다.

이밖에도 광복지구 상업중심 3층 식당에는 대동강에서 갓 잡아 올린 싱싱한 송어회와 숭어탕도 빼놓을 수 없다. 이 집은 우리 교포가 운영해 자주 찾아가는 식당이다.

평양 이외에도 떠오르는 음식이 있다. 원산에 갔을 때 호텔 식당에서 맛

창광원식당 요리   숭어탕

본 뷔페이다. 기름기가 자르르 흐르는 쌀밥, 바다에서 갓 잡아 온 싱싱한
생선, 콩나물, 시금치, 소고기구이 등 어느 하나 맛이 없는 것이 없었다. 저
녁때 해변 모래사장 가에 자리한 횟집에서 맛본 꽁치구이와 장어구이도
혀에 살살 녹을 정도로 맛이 있었다.

　또 하나 잊을 수 없는 맛은 백두산 삼지연에 갔을 때 베개봉 호텔에 먹
은 감자 요리다. 감자만으로 여러 가지 요리를 만들었을 뿐만 아니라 맛
또한 일품이었다. 여기서 특이한 점은 변방 오지인데도 미역국이 나왔는

베개봉호텔 저녁 메뉴

데 그 맛 또한 일품이었다.

(불고기 1인분 : 3.5달러)

수요가 있는 곳에 공급이 있다, 꽃매대

평양 거리에는 사과, 배, 복숭아 등의 단물과 냉 막걸리를 팔고 있는 청량음료 매대가 많으며 언제나 손님이 많다. 이런 청량음료는 여름에는 더위를 식히고 갈증을 해소해 인기가 많다. 특히 전승절과 청년절, 노동당대회 등의 행사 준비로 더위에 지친 평양 사람들에게는 이들 청량음료보다 더 좋은 것은 없을 것이다. 늦가을이 되면 이들 매대는 군고구마나 군밤으로 메뉴를 바꾼다.

꽃 매대도 이에 못지않다. 처음에 꽃 매대가 너무 많은 것을 보고 이해할 수 없었다. 물론 평양 사람들이 다른 나라 사람들에 비해 꽃을 더 좋아

평양 시내에 있는 꽃매대

할 수 있고 꽃 자체가 아름답고 향기로워 좋아하지 않는 사람은 결코 없을 것이다. 그러나 만수대를 다녀온 이후에는 매대가 많은 이유를 알게 되었다.

만수대 참배 시 학생. 군인, 신혼부부 등 누구나 할 것 없이 모두가 꽃을 헌화해, 우리 차례가 되어 꽃을 놓으려 해도 더 이상 놓을 공간이 없었다. 꽃을 헌화하는 곳은 만수대뿐만 아니었다. 시내 곳곳은 물론 평양시를 벗어나서도 도처에 있었다. 이토록 많은 수요를 충당하기 위해서는 공급이 있어야 할 테니 꽃 매대가 많은 것은 당연해 보인다.

빙수

꽃 매대 외에도 거리를 걷다 보면 빙수 가게도 많이 볼 수 있다. 끝에 과일이 곁들어진 빙수는 평양의 맛을 한층 더해 준다. 아스팔트를 녹일 듯한 무더운 더위라 할지라도 한 잔을 마시면 온몸을 시원하게 해 준다. 여러 빙수 가게 중에서도 모란시장 앞에 있는 빙수집이 가장 맛있었다.

(가격 : 한 그릇 0.8위엔)

평양엔 백화점이 몇 개나 있을까?

평양시에는 백화점이 한두 개가 아니다. 보통강 구역에 락원 백화점, 광복 거리는 광복 상업 중심 백화점, 문수 거리는 대성 백화점, 김일성 광장 근처에는 평양 제일 백화점, 서평양에는 서평양 백화점, 평양역 옆에는 평양 백화점 그리고 창전 거리에는 아동 전용 백화점이 있다.

광복백화점(광복지구 상업 중심)

이들 백화점은 각각 특색 있는 상품으로 고객을 유치한다. 락원 백화점은 일본산 전자제품과 가전제품으로 인기가 많으며 우리나라 동포 사장이 운영하는 광복 중심 백화점은 대부분의 상품이 우리나라산이다. 또 간장과 식용유 등 식료품으로 유명하며 3층 식당가엔 고객들로 넘쳐 빈자리 찾기가 힘들다.

대성 백화점 3층 해외 명품관에는 중년 여성들을 많이 볼 수 있으며 4층 식당가에는 스파게티 등의 서양식 요리도 있을 뿐만 아니라 지하층엔 목욕탕과 수영장도 갖추고 있어 많은 고객들이 찾는다.

평양 제1백화점

　제일 백화점은 국영 백화점이라 조선 상품이 주류를 이루며 물건 값이 저렴하고 목각 제품 등 토산품이 많아 나 같은 외국인들이 기념품을 사기 위해 많이 이용하는 곳이다.

　서평양 백화점은 가전제품, 의류가 인기가 많고 환전을 후하게 해 주어 외국인들이 선호하는 곳이다.

　이밖에도 수입품 전문 상점인 철산 상점과 북새 상점도 있다. 이 상점은 헤네시, 카뮈 등의 코냑과 보졸테, 사토 등의 프랑스산 와인 등 고급 양주는 물론 샤넬, 크리스찬 디올 등 최고급 화장품도 팔고 있다.

　평양의 여러 백화점이나 상점 중에서 미래 과학자 거리에 있는 상점이 고급 명품도 많고 고객의 씀씀이도 크다는 느낌을 받았다. 그 이유는 고객의 다수가 인근에 거주하는 김책공대의 교수나 연구원 등 과학자들의 가족이라 과학자 우대 정책에 따라 이들의 생활수준이 높기 때문일 것이다.

조선을 통제되고 폐쇄된 사회라 소수의 권력층만이 메르세데스 벤츠를 타고 수십 년산 고급 와인을 즐기며 주민들은 굶주림과 허기에 가득 찬 동토의 왕국이라고 생각하면 잘못된 편견이다. 평양 시민들도 돈만 있으면 얼마든지 그들의 욕망을 채울 수 있다.

(8기가 메모리 카드 : 5달러. 중국보다 더 비쌈)

기브 앤드 테이크일까?

평양 곳곳에 있는 '미 제국주의를 타도하자'라는 반미성(反美性) 슬로건과 교과서 곳곳에서 볼 수 있듯 조선은 미국을 적대시하고 있다.

이 같은 사실은 보통강가에 있는 전쟁승리 기념관에서 본 6.25전쟁 시의 피해 상황과 당시 미군이 사용했던 각종 살상 무기를 보았을 때 일견 이해가 갔다. 그런데 대경 백화점에 갔을 때 애플 컴퓨터를 비롯해 미국산 제품이 버젓이 판매되는 것을 보고는 깜짝 놀랐다. 그토록 증오하는 미국산 제품을 왜 팔고 있는지 이해가 되질 않았다.

대경 백화점에서 미국산 전자제품을 보고 놀란 것보다도 더 놀란 것은 락원 백화점에 갔을 때이다. 이 백화점에서는 컴퓨터, 사진기, TV 등 각종 전자 제품부터 가전용품, 생활 용품, 먹을거리에 이르기까지 온통 일본산 제품이었으며 사장도 일본인이라고 한다.

김일성과 같은 항일 투사들은 나라를 되찾기 위해서 목숨을 걸고 일본군과 맞서 투쟁을 하다가 수많은 항일 전사들이 희생되고 골짜기마다 그 흔적이 아직까지도 남아 있는 것을 지난 7월 백두산 여행 시에 생생하게

평양 조국해방전쟁승리기념관(미제 탱크)

보았다. 이들이 전투를 벌인 시점은 불과 80~90년에 지나지 않았는데 일본의 매판 자본이 들어와 경제적인 침탈을 하는데도 방치되고 있으니 더더욱 이해가 되지 않았다.

이와는 대조적으로 오랫동안 같이 살아온 형제자매인 한국 제품은 얼씬도 못하게 하면서 자기 조국을 통째로 삼킨 원수의 배를 부르게 하는 이유는 무엇일가? 김일성을 불세출의 영웅을 만드는 데 필요한 무대를 제공한 공로로 주는 보너스일가, 아니면 미운 자식에게 밥 더 주는 부모의 심정일가?

장마당, 4개 사면 하나 더 줄게

평양에는 통일 시장 등을 비롯해 몇 개의 장마당이 있다. 이들 장마당은 남새, 육류, 생선, 곡물 등 먹거리부터 각종 일상생활 용품, 문구류, 신발류, 의류, 가전제품에 이르기까지 그야말로 없는 것 빼고 다 있다.

이들 시장에서 상인들의 호객 행위는 예사롭지 않다.

"어서 오시라우, 신상품이 나왔습네다. 이제 막 신의주에서 따 온 과일입네다. 오늘 안 사면 손해봅네다. 4개 사면 한 개 더 주겠습네다."라고 하면서 구매자들의 심리를 자극해 충동구매를 부채질한다. 이들은 외국인의 주머니가 두툼하다는 것을 경험적으로 아는 듯 우리 같은 외국인이 지나가면 더욱더 극성이다. 이들의 눈빛은 악착같이 벌어서 더 잘살고자 하는 바람의 눈빛처럼 보였으며, 그 눈빛이 강렬할수록 부에 대한 욕망은 더 커지지 않을까!

지하철인가? 궁전인가?

평양 지하철은 1973년도에 개통되었다고 한다. 인구 250만 도시 치고는 어느 선진국 도시 못지않게 일찍 지하철 시대가 열린 셈이다. 그런데 이 도시의 지하철은 우리나라 지하철과는 상당히 다르다.

첫째는 지하철의 깊이다. 평양 지하철은 그 깊이가 100미터를 넘어 에스컬레이터로 승강장으로 내려가는 중간에 몇 개의 차단 문을 거치며 중간에는 "앉지 마시오."라는 주의 사항이 있을 정도로 깊이가 깊다.

평양 지하철이 이토록 깊은 까닭은 1950년 6.25전쟁 중 미군의 공습으로 수많은 인명이 희생되고 건물이 파괴되어 도시가 폐허화되었기 때문에 이를 고려하여 교통수단으로서 뿐만 아니라 전시에는 비상 대피 처로 사용하기 위한 것이라고 한다.

평양 지하철

둘째는 지하철 역사가 화려하다. 승리역 같은 역사 벽은 김일성의 업적을 기리는 벽화로 화려하게 장식되어 역이라기보다는 마치 궁전처럼 보인다. 평양의 여러 역 중에서도 개선역, 승리역, 영광역은 더 화려하고 웅장하다.

지하철역은 보안상 사진 촬영이 금지되어 사진을 찍을 수 없지만 이들 세 개 역은 외국인에게는 예외로 허용되어 역을 지나다 보면 카메라로 사진을 찍는 외국인들을 종종 볼 수 있다.

셋째, 객차 안에는 상품 광고가 전혀 없다. 유일하게 보이는 것은 차량과 차량 사이 벽 위에 있는 김일성 부자의 초상화뿐이다.

넷째는 역사의 명칭이다. 역의 명칭은 특별한 경우가 아닐 경우 그 지역 명칭을 쓴다. 그 이유는 가야 할 목적지의 역명이 있어야 그곳에서 내릴 수 있기 때문이다. 그런데 평양의 역명은 그렇지 않다. 붉은별역, 부흥역, 승리역, 영광역, 통일역 등의 명칭이라 평양 토박이가 아니면 역사명으로는 어느 곳인지를 알 수 없다.

다섯째, 지하철 좌석에는 영예군인을 위한 특별석이 따로 있다. 우리나라의 경우 노약자나 임산부석은 있지만 군인을 위한 좌석이 없다. 이로 미루어 보건대 조선은 노약자나 임산부보다도 군인을 더 우대하고 배려한 듯하다.

또 다른 특이점은 차가 도착하기를 기다리는 동안 대기 중인 사람들이 신문을 읽는 모습을 많이 볼 수 있다. 그들이 읽는 신문을 보면 하나같이 『노동신문』이다. 똑같은 신문을 읽으면 독자들의 의식도 비슷할 것이다. 그래서인지 국가행사나 대중 집회를 보면 모든 사람들이 혼연일체가 되어 한 점의 흐트러짐이 없다.

지하철 노선은 2개이고 출퇴근 시에는 5분 간격으로 운행되며 그 밖의 시간에는 10분 간격으로 운행된다.

지하철 요금은 조선 돈 5원이며 카드는 5000원에 200번 탑승할 수 있다.

잡으면 살고 놓치면 죽는다

평양시의 대중교통은 지하철 이외에도 궤도 전차와 무궤도 전차가 있다. 전차는 1930~1970년대를 누비다가 역사의 뒤안길로 사라진 줄 알았지만 시내를 질주하는 모습을 보고 적잖이 놀랐다.

이보다도 더 놀란 것은 출퇴근 시 승객이 매달린 채, 차를 타고 가는 아슬아슬한 모습이다. 자칫 잘못해 손잡이라도 놓치는 경우 목숨을 잃을 수도 있을 텐데 개의치 않는다.

또 다른 놀라운 점은 평양인의 양심이다. 차에 탑승한 승객은 승차권을 통 안에 넣어야 하지만 기사는 승차권을 넣건 말건 전혀 개의치 않고 앞만 살피며 운전만 할 뿐이다. 차비는 조선 돈 5원이지만 서로 간에 의심을 하지 않고 믿으면서 살 수 있다는 것이 얼마나 좋은가. 평양인의 양심이 부러웠다.

버스 이용 시에도 이색적인 모습을 볼 수 있다. 정류장에서 버스를 탈 때 팔에 완장을 찬 사람들을 볼 수 있다. 이들은 승객들이 승차를 할 때 질서 유지를 위한 안전 요원이다. 평양 시민들은 질서 의식이 높아 그럴 필요가 없어도 될 것 같은데 이런 제도를 시행하는 목적은 알 수가 없지만 추측컨대 일자리를 늘리기 위해서이거나 아니면 외국인에게 질서정연한 모습을 보여 주기 위함이 아닐까?

택시도 있지만 그 수가 적으며 시내 어디를 가든 요금은 2~3달러이다.

평양의 속도는 몇 km일까?

평양 길거리 곳곳에 자주 눈에 띄는 구호는 '평양의 속도.'이다. 평양을 벗어난 다른 지역에서는 만리마 속도를 보았지만 평양에서는 평양의 속도만 보였다.

평양의 속도가 과연 얼마인지 궁금해 물어봤지만 그저 "빠르다."라는 답밖에 듣지 못했는데, 마침 우리나라 『인민일보』에 '평양의 속도'라는 제목의 기사를 읽고 나서야 그 속도의 뜻을 이해하게 되었다.

조선 "평양의 속도" 강조해 "국제화 수도 건설"
조선이 천리마와 마식령 속도에 이어 최근에는 평양 속도를 강조하고 나섰다. 당 창건 70주년임을 강조하면서 국민들이 평양 건설을 가속화할 것을 호소했다.
"평양속도", "평양 정신" 등의 표어들이 공사장 분위기를 띄우고 있다. 건설 속도를 가속화하기 위해 젊은 군인들을 동원해 건설 돌격대를 결성하기도 했다.

위 기사에서 보듯 평양의 속도는 시속 몇 km 등의 숫자가 아닌 노동의 활기를 북돋기 위한 격려성 구호였다.

이외에도 조선에는 희천 속도와 마식령 속도도 있다. 희천 속도는 자강도 희천시 주변을 지나는 장자강과 청천강을 이용해 희천 발전소를 건설할 때 쓰인 구호이며 마식령 속도는 마식령 스키장을 국책 사업으로 삼으면서 노동력을 향상시키고자 만든 구호라고 한다.

우상 숭배의 전당, 평양

4월 초순 따스한 햇볕이 내리쬐는 언덕에 붉은 치마에 연두색 저고리를 입은 신부와 정장을 한 신랑이 깊이 머리를 숙인 채 기도를 드리는 듯했다. 옆에는 50대로 보이는 여인도 꽃다발을 안고서 눈물을 흘렸고 제복을 입은 군인들도 열 지어 서서 참배하고 있었다. 평양 만수대 앞은 마치 기독교인이 이스라엘 예루살렘을 성지 순례를 하는 모습과 비슷하다. 이런 모습은 만수대뿐만 아니라 만경대, 금수산 태양궁전도 마찬가지로 순례자들의 발걸음이 그치지 않는다. 성지 순례지는 평양뿐만 아니라 다른 지방에도 마찬가지였다. 2017년 9월 원산에 들렀을 때도 제일 먼저 해야 할 일은 김일성 동상의 참배였으며 거기서도 사람들은 꽃을 든 채 참배를 하고 있었다.

조선에서는 어디를 가든 김일성 부자의 동상이 있는 곳이면 참배를 하는 것이 선택이 아닌 필수였다.

아미쉬의 삶을 사는 평양인

'중세의 삶을 살아가는 사람들'이란 글을 읽은 적이 있다. 그들은 미국 펜실베이니아 주 중심으로 전화, 자동차 등의 현대 문명의 이기를 이용하지 않고 기독교 교리를 중심으로 공동체를 이루며 종교적인 신념에 입각해 18세기의 삶을 살아가는 사람들이다.

이 지구상에는 이들뿐만 아니라 이와 비슷한 삶을 살아가는 사람들이 있다. 바로 평양 사람들이다. 내가 평양인들을 이들과 관련시키는 것은 두 가지 이유에서다.

첫째는 이들이 쓰는 연호가 오늘날 전 세계인들이 보편적으로 사용하는 연호인 서기 연호 대신에 주체 연호를 쓴다는 사실이다. 주체 연호는 김일성의 출생 연도인 1912년을 주체 1년으로 하는 것으로 출판 문서, 서적, 각종 계산서 등 연호가 들어가는 모든 분문에서 그들만의 방식인 주체 연호를 쓴다.

둘째는 인터넷이 단절된 채 외부세계와 등을 지고 살아가는 것이다. 오늘날 인터넷이 없는 세상은 장님과도 같을 것이다. 그런데 조선은 외부세계와 인터넷이 연결이 되지 않아 정보에 접근할 수 없고 세상이 어떻게 돌아가는지 모르고 살아간다. 나 같은 중국인도 유엔의 사무총장이 한국인이라는 사실을 알았고, 조선의 최고 존엄인 김정은이 스위스에서 유학을 했음을 인터넷을 통해 알았다. 그러나 그들은 유엔의 사무총장이 같은 민족이라는 사실도, 최고 지도자인 김정은이 스위스에서 유학한 사실도 모르고 살아간다. 그저 주체사상의 교리에 따라 그들 식대로 삶을 고수할 뿐이었다.

평양엔 광고가 있을까?

유학을 온 첫날 순안 공항에서 평양 시내에 들어올 때 길거리에 광고나 광고탑이 전혀 보이지 않아 놀랐다. 시내 다운타운을 지날 때도 광고가 있어야 할 자리에는 '김일성, 김정일은 영원히 우리와 함께 계신다.' 등의 김일성 부자를 그리는 문구나 '평양의 속도', '제17차 노동당 대회 강령 관철, 사회주의 발전, 생산력을 높이자' 등의 독려성의 캐치프레이즈만 보일뿐이다.

교양 과목으로 마케팅을 공부한 나로서는 의아하고 이해가 되질 않았다. 광고는 현대사회에서 절대적인 영향을 주어 소비를 진작시켜 산업을 활성화해 기술 발전을 이끌 수 있다. 그 결과 소비가 확대되고 기업 이윤을 증가시켜 투자로 이어지고 고용을 촉진시켜 일자리를 창출할 수 있어 현대 사회에서는 없어서는 안 되는 발전의 한 축이다. 또한 광고는 도시의 미관을 북돋우고 활력을 주기도 한다. 번쩍거리는 네온사인 광고와 화려한 조명은 밤거리를 더 아름답게 한다. 이러한 장점에도 불구하고 평양에는 광고가 없다.

평양은 연애까지 통제할까?

귀국 날짜가 다가오자, 많은 점이 아쉬웠다. 무엇보다도 8개월간 고락을 같이한 동숙생 친구와 헤어져야 해 마음이 아팠다. 귀국 일을 며칠 앞두고는 우리는 졸업 후의 진로 등을 비롯해 여러 가지 마음에 담아 두었던 이야기를 터놓았다.

기숙사에 입실한 지 얼마 안 되어 한국 노래를 듣다가 들켜 안절부절못했던 이야기, 몰래 한국 드라마를 보다가 중국 드라마로 바꾼 이야기를 할 때 껄껄 웃으면서 자신은 그 모든 것을 알았다고 했다. 안절부절못할 때마다 '괜찮다.'라는 말을 하고 싶었지만 그런 말을 먼저 할 수 없는 형편이라 그냥 못 본 체했다면서 미안해했다. 그러면서 자기 친구들 중에도 한국 드라마를 몰래 보기도 하고 K-pop을 부르는 사람도 있다고 했다.

나는 그녀에게 조선에서도 남녀 간에 연애도 할 수 있는가를 물어보았다. 그녀는 "동희 동무, 우리 조선이 연애까지 통제하는 것으로 착각하는 것 같은데 절대 그러지 않아요. 조선의 젊은이라고 사랑에 관한 감정이 없겠어요? 밤에 모란봉에 한번 가 봐. 한적한 숲속에서 은밀하게 사랑을 나누는 데이트 족이 많아 이를 단속하는 보안국의 기동타격대까지 있다."라면서 몹시 섭섭해했다.

외국인 유학생이 왜 김일성 부자의 참배에 적극적일까?

내가 평양 유학 중에 하기 싫었던 것 중에 하나가 김일성 부자 동상 참배였다. 평양에 도착한 지 이틀 만에 만수대 참배를 시작으로 금수산 태양궁전, 만경대 등을 연이어 참배해야 해 몹시 싫증이 났지만 회창에 있는 열사 능을 갔다 온 이후로는 나의 생각이 바뀌었다.

우리가 회창 열사 능으로 갈 때 여름 장마가 끝난 지 얼마 되지 않은 시기라 개울물이 불어나 차량 통행이 힘든데도 무리하게 진입을 해 결국에는 차가 움직일 수 없어 내려야 했다.

그때 농민 부부가 땀을 뻘뻘 흘리면서 자전거를 타고 우리 옆을 지나가고 있어, 그들이 어디로 가는지 지켜보았다. 그 부부는 우리가 있는 곳에서 머지않은 곳에 자전거를 세우고는 보자기를 가지고 옥수수밭 안으로 들어가 한복으로 갈아입고는 어딘가로 사라졌다.

그들이 간 곳은 마을 옆에 있는 김일성의 동상이었고 거기서 정성껏 참배를 한 후 다시 밭으로 들어가 작업복으로 갈아입고는 일을 시작했다.

그 모습은 나를 어리둥절하게 했다. 평양에서 참배를 하면서 많은 사람들이 눈물을 흘리는 모습을 여러 번 보았지만 그때마다 이들이 정말로 김일성 부자를 흠모해서 그럴 것이라곤 생각지 않고 그저 옆 사람이 저러니 어쩔 수 없이 따라서 했을 것이라고 생각했다. 그러나 이 시골 오지, 그 시각에 이들 부부는 어느 누구의 명령이나 간섭 없이 순수하게 자의적으로 행동 했을 것이다. 이 부부의 진정 어린 참배의 모습은 깊은 감동을 주었다. 그 이후부터 참배가 있을 때에는 나는 누구보다도 앞서서 자진해 참배를 했다.

한 나라 수도 공항의 노선이 4개뿐이라니!

오늘날 공항은 단순이 항공기가 뜨고 내리는 공간이 아닌 물류, 문화, 관광, 산업 등 부가 가치를 창출하는 거대 산업으로 변화하고 있다고 한다. 그런 면에서 보면 평양의 순안 국제공항은 이와는 대조적이고 초라하기 짝이 없어 보인다. 내가 이 공항을 보고 놀란 것은 항공 노선이다. 일국의 수도 국제공항이라면 목적지와 출발과 도착 시각을 알리는 선광판에 그 정보가 빼곡히

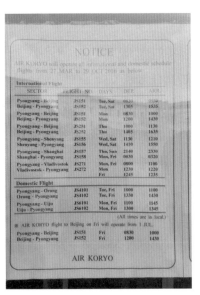

고려항공 운항표

적혀 있을 것이다. 그러나 평양 순안 국제공항은 그렇지 않았다.

3달 전 입국 시에 압수당했던 노트북을 찾기 위해 공항에 갔을 때 전광판에는 베이징 노선 하나만 외롭게 빛나고 있었고 취항 중인 국제노선도 베이징과 상하이, 선양, 해삼의(블라디보스토크) 등 4개 노선뿐이었고 국내선도 의주와 원산의 갈마 공항뿐이었다.

평양 순안국제공항

나의 교수님이 유학할 무렵에는 청사도 하나뿐이었고 시설도 낡아 유리창도 깨진 채 그대로 방치된 것에 비하면 그나마 새롭게 단장된 청사는 체면 유지를 했다.

단조로운 방송

우리가 거주하는 외국인 기숙사에서 인기 있는 공간은 8층 휴게실이다.

이 휴게실에는 위성 채널이 있어 우리나라의 호남(湖南) 방송이 나온다. 이 방송에서 주로 보는 프로는 〈1박 2일〉이다. 〈1박 2일〉은 한국의 예능 프로이지만 호남 TV에서도 이 프로를 방영한다.

한국의 유명 MC 강호동의 재치 넘치는 사회와 익살스런 모습을 보면서 시간 가는 줄도 모른 채 깔깔거리며 자주 보곤 했다. 〈1박 2일〉이 나오지 않을 때는 이 채널, 저 채널 옮겨 보지만 대개의 경우 재미가 없으며 조선 TV는 채널이 2~3개뿐인 데다 정작 우리 젊은이들이 좋아하는 멜로드라마나 예능 프로는 없어 전혀 보지 않았다.

TV를 볼 때마다 우리는 조선 TV가 한국 드라마나 예능 프로를 방영했으면 하는 아쉬움을 가지곤 했다. 왜냐하면 우리나라는 정치적으로 대만과 불편한 관계이지만 오래전부터 타이베이 TV를 방영해 대다수 국민들은 대만의 인기 스타나 가수를 거의 다 알고 있으며 이들은 우리나라 CCTV에도 이틀이 멀다하고 출연한다.

평양 방송도 〈태양의 후예〉같이 인기 있는 프로를 방영하고 인기 탤런트와 가수가 교차 출연 한다면 한국과 조선의 관계는 더 좋아질 텐데.

어! 신호가 잡힌다!

조선은 외부 세계와 통신이 되지 않지만, 의외로 신호가 잡히는 곳이 있었다. 백두산과 개성이다.

9월 초순 백두산 여행 중 장군봉에서 천지연을 보고 있을 때 누군가가 "어! 신호가 잡힌다!"라고 소리지며 놀라워했다. 우리 모두는 놀라 "조선

장군봉에서 내려다본 천지연

에서 신호가 잡힌다고? 정말이냐?"라고 물었을 정도로 신기해했다.

두 번째로 신호가 잡힌 곳은 한국과 인접한 개성으로 여행을 갔을 때이다. 한 친구가 개성은 한국과 가까워 신호가 잡힐 수 있다고 했다. 반신반의하면서 이리저리 주파수를 맞추자, 그의 말처럼 부드럽고 감미로운 여성 아나운서의 목소리가 들려 기쁜 나머지 "대박이네!"라고 소리치며 놀라워했다.

우리가 방에서 떠들썩하게 소리를 지르자 옆방에 계시던 생활 지도 선생님이 와서 "동무들, 무슨 일이 있어? 왜 이리 떠들썩해?"라고 물었다. 우리는 시치미를 떼고는 "아, 아무 일도 아닙니다."라고 하자 자기 방으로 돌아갔다.

우리가 감사와 고마움을 표해야 할 대상은 우리에게 유학의 기회는 물론 장학금까지 준 조선인데 오히려 한국에 더 애착을 갖는 것은 도리에 어긋난 배신행위나 다름없다.

그렇지만 우리가 한국 방송을 듣고 탄성을 지른 것은 그만큼 K-pop과

한류가 우리에게 영향을 미쳤기 때문이다. 사실 우리 또래의 여성치고 한국 드라마에 빠지지 않은 사람은 한 명도 없을 것이다. 밥은 굶을 수 있어도 드라마는 놓치지 않을 정도이니까.

게다가 이곳에서 한국 방송을 들으니 한국어와 조선어 간의 차이를 확연하게 느낄 수 있다. 한국어는 조선어에 비해 부드럽고 상냥스러우며 감칠맛이 난다. 반면에 조선어는 투박스럽고 거칠며 명령조로 들린다. 같은 언어이지만 그 언어가 가진 억양과 말투, 언어 표현 방식이 확연하게 차이가 난다. 억양과 말투는 별것 아닌 것 같지만 여러 가지 면에서 인간의 감정을 좌우한다는 것을 느끼게 했다.

야, 동무 복장이 뭐야!

평양에 온 지 2주 만에 아름답기로 이름난 승리역을 보기 위해 지하철을 타고 전우역에서 환승해 승리역에 하차했다. 승리역은 소문대로 역사라고는 믿기지 않을 정도로 웅장하고 화려했다.

역사 벽에는 김일성의 항일 활동과 일본군과 맞서 싸우는 상황을 생동감 있게 입체적으로 잘 표현하고 있었다. 이렇게 아름답고 웅장한 모습을 보기 위해 우리 외에도 여러 외국인들이 하나같이 사진을 찍고 있었다. 우리도 사진을 찍으려고 할 때 완장을 찬 40대로 보이는 여인이 "야! 동무들 그 복장이 뭐냐. 신분 확인을 해야겠어." 라며 다그쳤다.

우리는 무슨 영문인지도 몰라 "왜 그러세요. 복장이 왜요?"라고 반문했다. "아니, 동무들이 입고 있는 옷이 그게 뭐야. 왜, 규정에 맞지 않은 옷을 입었지라우, 당장 신분증 내 봐!" "죄송합니다. 우리는 중국에서 유학을 온 지가 얼마 되지 않아. 복장 규정이 있는지 몰랐습니다."라고 하자 표정이 누그러졌다.

조선 내에서는 지켜야 할 복장 규정이 있다.

첫째, 청바지는 자본주의를 상징하는 옷이므로 입어서는 안 된다. 이 옷을 입으면 사회주의를 부정하는 이미지를 줄 뿐만 아니라 그들이 적대시하는 미국을 연상시키기 때문이라고 한다.

둘째는 하의는 무릎 위가 보여서는 안 된다.

이런 복장 규정에다가 색상 또한 단조로워 평양의 거리는 우중충하고 활기가 없어 보인다.

한껏 젊음을 과시하고 싶은 젊은이들은 이 규정 때문에 많은 스트레스를 느낄 법도 한데 전혀 그러지 않고 당연하게 받아들였다.

여기는 너희들이 올 곳이 아니야!

평양에는 통일 거리 장마당, 모란 장마당, 서성 장마당, 능라 장마당이 있다.

통일 거리 장마당과 능라 장마당은 우리 같은 외국인을 위한 장마당이고 서성 장마당, 모란 장마당은 평양 사람들이 이용하는 장마당이다.

외국인들이 이용하는 통일 거리 장마당은 서성 장마당에 비해 약간 작은 편이지만 더 깨끗하고 제품의 질도 좋은데 가격이 약간 비싸다. 반면에 서성 장마당은 규모가 더 크고 가격도 상대적으로 저렴하지만 외국인은 출입이 금지되어 우리는 갈 수 없다.

그러한 사실도 모른 채 평양에 온 지 채 한 달도 되지 않았을 무렵, 나는 춘애와 함께 서성 장마당으로 가, 이곳저곳을 다니면서 시장 구경을 하고 있었다.

그때 뒤에서 "이봐, 동무들, 이곳은 너희들이 올 곳이 아니야. 동무들은 통일 거리 장마당으로 가야 해. 빨리 나가!"라는 날카로운 여자의 목소리가 들렸다. 우리에게 하는 말이 아니라고 생각해 계속해 구경을 했다.

이번에는 더 큰 소리로 "동무들 내 말 안 들려? 빨리 나가!"라는 말을 듣고서야 뒤를 돌아보니 빨간 완장을 찬 관리원이 우리를 향해 손짓을 하면서 쫓아오고 있었다.

우리는 그녀에게 "휴지통 등 생활 용품을 사려고 하는데 왜 그러세요?" 하며 의아한 표정을 짓자, 이곳은 외국인이 출입을 해서는 안 되는 출입 금지 구역이라고 했다. 단속원으로부터 이 말을 듣기 전까지는 전혀 알지 못했다. 아니, 알 수가 없었다. 내 돈으로 내가 필요한 물건을 사는데 이런 것까지 통제를 당하게 되어 즐거웠던 기분이 싹 사라졌다.

그렇지만 그 시장은 더욱 볼거리가 많아 계속 갔었고 이 시장에 갈 때는 춘매는 전방을 주시하고 나는 후방을 살피면서 완장을 찬 관리원이 있는지 없는지를 보면서 몰래 시장을 보곤 했다.

속닥속닥 어떻게 이런 일이 있을 수 있어?

기숙사 8층 휴게실은 우리에게 가장 인기 있는 공간이다. 위성 TV 채널이 있어 언제든지 우리나라 소식을 알 수도 있고 그중 호남 TV는 오락 프로를 방영해 자주 보는 편이다.

그렇지만 다른 때와는 달리 보름 후 출국을 앞두고서 TV시청 대신에 유학 중에 겪었던 여러 가지 느꼈던 점에 관해 이야기를 했다. 평소엔 한국말로 대화를 했지만 혹시 누가 들을까 봐 이날은 중국말로 시작했다. 화제는 자유였지만 대다수는 이곳에서 겪은 힘든 애로 사항이나 불만이 주된 화제였다.

"백두산 천지연이든, 원산이든 어디를 가든 목적지에 도착하면 김일성 동상을 찾아가 먼저 참배를 한 후 일정을 시작하는 것이 짜증이 났어, 조선 사람들은 그들이 모시는 영원한 태양이니 괜찮을지 몰라도 우리 같은 외국인에게 그런 의식적인 행위를 강요하는 것은 오히려 조선에 대한 인상을 나쁘게 할 따름이라고 생각해."

"맞아, 개학하기 전에도 먼저 만수대에 가서 헌화를 하고 참배를 했지, 게다가 우리 부담으로 꽃을 준비해야 했으니, 더욱 불만스러웠어."

"난 사진 찍을 때 구도를 잡는 데 어려움을 겪었어, 찍고 싶은 주요 장면이 있을 때 그 주위에 김일성과 김정일 초상화가 있으면 무조건 그 초상을 정중앙에 배치하고 사진을 찍어야 하니 정작 내가 화면에 담고 싶은 것은 엑스트라에 지나지 않고 주연은 김일성 부자가 되니 주객이 전도되어 찍고 싶은 장면을 제대로 찍지 못했어."

"나의 경우 평양에 오기 전에 여러 가지 문화체험을 하고 싶었어. 남자 친구를 사귀거나 또래의 친구와 사귀면서 그들의 집에 가서 가정의 분위기도 느껴 보고 어떻게 생활하는지를 보고 싶었지만 가정집 방문은 금지 사항이라 기회를 갖지 못한 것이 몹시 아쉬워."

"나도 마찬가지로 평양의 이면의 모습을 보고 싶어 골목길을 걸으면서 평양인의 속살을 보고 싶고 호기심도 생겨 몰래 한번 들어가 봤어. 그때 공안이 다가와 얼마나 놀랐는지! 마침 옆에 남새 가게가 있어 남새를 사는 척하면서 위기를 모면했어."

"난 목탄차인가 석탄차인가 그거 지나갈 때 숨을 참느라 힘들었어. 기관지가 좋지 못해 목을 조심해야 하는데 노동자들을 가득 실은 그 차가 지나갈 때 나오는 매연과 냄새 때문에 고통스러웠어. 하지만 중학교 시절 과학 시간에 배웠던, 차가 어떻게 움직이는지에 관한 원리를 이해하는 계기가 된 것은 나름대로 소득이었어."

"나는 닭고기 전문식당에 동숙생과 함께 갔을 때 있었던 해프닝을 잊을 수 없어. 평소보다 사람이 많았고 15달러 주고 치킨 다섯 마리를 시켰잖아.

그때, "닭고기 다섯 마리 주세요"라고 말해야 했는데 나도 모르게, "치킨 다섯 마리 주세요"라고 했어.

순간 잘못 말했다는 사실을 알고 다시 "닭고기 다섯 마리요"라고 말하자 그때 동숙생이 끼어들면서, "치킨과 닭 둘 다 순수한 조선말이다"라고 했어.

치킨은 영어라고 말하자, 그 말은 본래 조선말인데 미국 놈들이 조선 전쟁 때 도둑질해 간 말이라고 했어. 터무니가 없었어."

"6월 3주쯤 될 무렵 지리 수업 중에 교수님 하신 말 생각나니? 그때 교수님은 우리나라는 교육도 외세가 아닌 주체사상에 따라 행하기 때문에 김정은 장군님은 조선에서 교육을 받았다고 했잖아. 우리가 "김정은 장군님은 스위스에서 유학을 하셨습니다." 하자 선생님이 "누군가가 악의적으로 그런 거짓 정보를 유포했을 테니 믿지 말라."고 했을 때 어이가 없었어."

"맞아, 조선의 명문 대학 교수님도 그 사실을 모르고 있으니 답답했지."

"판문점 여행 중에 안내를 한 그 군인 아저씨 말이 아직도 생생해.

"1950년 6월에 시작해 1953년에 7월에 끝난 조선 전쟁에서 우리 인민군대는 미국 놈들을 박살내고 승리를 했습니다. 이뿐만 아니라 1973년에도 미국 놈들과 전투가 있었어요. 놈들의 군함이 버젓이 우리나라 영해를 침범했어요. 그때도 우리 공화국군이 그놈들을 박살냈고 놈들의 군함 푸에블로호를 빼앗아 평양 대동강에 정박시켜 놓았어요. 우리는 미국 놈들과 치른 두 번의 전투에서 모두 다 이겼지요. 이 지구상에서 미군과의 전투에서 모두 다 승리한 나라는 우리밖에 없어요. 미국이라는 나라를 이 지구상에서 영원히 지워 버릴 것입니다"라고 했을 때 그 용기가 대단하다고 느꼈어."

"백두산 밀영에 있는 김정일의 고향집을 갔을 때 안내원이 "1942년 2월 16일, 하늘에서 열여섯 명의 신선이 백두산 밀영 지구에 내려와 무릎을 꿇고 귀틀집을 향해 큰절을 하고 '이 나라에 대통운이 든 것을 축하하나이다.' 말한 후 일제히 나팔을 불자, 하늘에는 전에 없던 커다란 별이 솟아나고, 귀틀집도 금빛 광채를 뿌렸다."고 하면서 우리가 이 세상에서 남부럽지 않게 잘살아 가는 것도 이곳 백두산 정기를 이어받은 '김정일 장군님 덕분'이라고 한 말을 잊을 수 없어."

"우리가 쓰는 교과서 한번 봐. 독해나 문법 등 모든 책의 머리말에는 '김정일 원수님께서는 말씀하시길'로 시작하잖아. 마치 불교 경전이나 기독교의 성경을 읽는 기분이었어."

"나는 우리가 건강 검진을 받으러 갔을 때 X레이 촬영할 때 양손에 촬영 판을 들고 있느라고 혼이 났어, 촬영 시에 가슴 부분만 판에 밀착시키면 되는데 촬영기가 구식이라 판을 양팔에 든 채 촬영해야 했는데 그때 하필 정전이 되어 판을 들고 선기가 들어올 때까지 기다린다고 혼이 났지. 의료 기기가 구식인 것을 보고 실망했어.”

“인터넷이 안 되니 수족이 잘린 거와 같았어, 우리 같은 젊은 이들에게는 컴퓨터나 휴대폰은 남자 친구 못지않게 소중한데, 그것이 무용지물이니 외부 세계와도 소통이 불가능하고 중요한 정보도 검색할 수 없어 정말 답답했어.”

“난 조선 사람과 전화가 되지 않아 답답했어. 우리가 첩자도 아닌데 무엇 때문에 전화도 할 수 없는지 이해가 되지 않았어.”

“난 한국을 그렇게 미워하면서도 뒤에서는 그렇지 않은 것을 보고 의아했어. 금강산에 갔을 때 우리 선생님이 가지고 있는 사진기가 삼성 카메라였고, 해맞이 식당의 구이판도 한국 제품이었어. 그리고 장마당 옷가게 주인이 발밑에 몰래 숨겨 놓고 파는 옷도 분명 한국 제품이었어.”

“나는 순안 공항에서 멋진 연기를 했지. 입국 심사대에서 하드디스크가 있느냐고 물을 때 말을 못 알아듣는 척하며 그 사람의 얼굴을 똑바로 쳐다보았지. 한 번 더 같은 질문을 할 때도 천연스럽게 그의 얼굴만 말똥이 쳐다보았더니 손으로 나가라고 했어. 그때 만약 있는 그대로 대답했으면 하드디스크에 내장된 한국 드라마 때문에 큰 사달이 날 뻔했지.”

"나는 장거리 여행 시 버스를 탈 때 항상 마음이 초조했어, 관광버스들이 노후해서 언제 고장이 날지 몰라 불안했어, 그 불안이 현실로 나타난 것이 지난번 판문점 관광 때였지. 차가 고장나는 바람에 박연폭포 관광이 취소된 것이 못내 아쉬웠어."

"차 고장은 그때뿐만 아니라 모 주석의 아들 모안영이 묻혀있는 회창 가는 길에서도 두 대가 고장이 나서 스케줄에 차질이 생겼잖아."

"다른 것은 불편하고 불만스럽더라도 한시적이라 견딜 수 있지만 동숙생을 숙소에 배치해 24시간 같이 생활해야 하는 것은 정말 고역이었어, 언제나 그의 감시와 통제를 받고 있다는 생각을 하니 미칠 지경이었지. 특히 한국 드라마나 영화를 보고 싶을 때는 더욱 그랬지."

"맞아. 우리는 죄수이고 그는 간수와 같았으니. 오죽했으면 그가 방학 중 열흘간 고향에 간 날 춘애와 나는 해방되었다면서 손을 맞잡고 기뻐서 날뛰기까지 했으니."

"난 우유를 구입했더니 유통 기한이 6개월인 걸 보고는 깜짝 놀랐어. 생우유가 6개월이나 유통되려면 도대체 방부제를 얼마나 넣었을까를 생각하니 더 이상 마실 수가 없었어."

노교수의 눈물

인간은 누구나 눈물을 흘린다. 감격해서 눈물을 흘리기도 하고 부모님이나 사랑하는 사람이 세상을 떠날 때도 눈물을 흘린다. 때로는 눈에 이물질이 들어갔을 경우에도 마찬가지다. 그러나 이와는 상관없이 유학 중일 때 평양에서 사람들이 우는 모습을 너무 많이 보았다. 김일성 광장에서 9.9절 행사나 노동당 창당 기념식 등이 있는 날은 광장은 온통 울음바다가 되고, 만수대나 금수산 태양궁전에서도 흔하게 볼 수 있다.

여러 눈물 중에서 이해할 수 없었던 것은 수업 중에 교수님이 흘린 눈물이다. 그것도 한두 번이 아니다. 교수님은 김일성 부자나 김정은에 관한 내용이 나오면 감정이 고조되어 눈물을 흘리기 일쑤다. 이를 볼 때마다 나는 회의감이 들었다. '교수님이 정말 슬퍼서 울까? 아니면 어릴 적부터 보고 배운 학습 효과 때문일까?'라고 생각해 보았다.

주체사상탑 광장

김일성은 항일 투쟁 중에 일본군과의 전투에서 많은 공을 세웠고, 그들이 말한 대로라면 미국과의 전쟁에서 승리를 했으니 일견 이해가 가지만 김정일이나 김정은의 경우에는 아무리 해도 알 수가 없었다. 출국을 앞둔 날 밤, 그들의 진심이 무엇인지 알고과 출국을 앞둔 날 밤 동숙생에게 그 이유를 물어봤다. 동숙생은 "김정일 국방위원장은 우리가 고난의 행군 때 같이 고생을 하면서 이를 극복했을 뿐만 아니라 핵무기 개발과 인공위성 개발의 발판을 마련하신 지도자이며, 김정은 동지는 이를 완성해 우리나라를 군사강국이 되게 한 지도자"라고 하면서 "미국의 트럼프 대통령과 맞장을 뜰 수 있는 지도자는 그분뿐이다"라고 했다.

새빨간 거짓말

개학 후 1주일쯤 될 무렵, 담당 교수님은 진지한 표정으로 "오늘 건강검진 결과가 나왔다. 이번에 유학 온 32명 중에서 안타깝게도 2명이 건강에 이상이 있어 귀국할 수밖에 없다."라고 말씀하셨을 때 가슴이 철렁 내려앉았다.

지난주 병원에서 신체검사 때 X-ray 촬영 중 정전으로 촬영이 중단되어 몇 분 후에 다시 찍었는데 그것이 문제가 된 듯했다. 2명 중에 내가 포함되었을 것이라고 생각하니 마음이 불안했다.

갑작스러운 정전으로 3~4kg이나 되는 무거운 판을 5분 동안 양 어깨에 껴안은 채 생고생을 해 불만스러웠는데, 거기다가 검진에 이상이 있다고 생각하니 더욱더 기가 차고 화가 났다. 어떻게 해야 할지 몰라 불안해 교수님의 강의는 한마디도 들어오지 않았다.

멍청히 앉아 있는 나에게 교수님은 거짓말은 몇 개가 있느냐고 물었다.

"거짓말도 개수가 있을까?"라고 의아해하면서 아마도 남을 속인 횟수를 의미하는 것 같아서 "정확히 알 수는 없지만 제법 있었을 것입니다"라고 대답했다."

교수님은 빙그레 웃으며, "사실 방금 전에 여러분에게 건강 검진 결과 2명이 이상이 있다고 말한 것은 새빨간 거짓말의 한 예를 들기 위한 것이다. 거짓말은 교육적인 목적으로 하는 선의의 거짓말과 남을 속이기 위해 의도적으로 하는 새빨간 거짓말이 있다. 검진 결과는 어제 나왔고 모두가 아무 이상이 없었다."라고 했다.

교수님은 새 용어인 '새빨간 거짓말!'을 설명하기 위해 그렇게 말했던 것이다. 나는 교수님께 "지난번에 순안 공항에서 노트북을 압수당한 그 기억이 사라지기도 전에 그런 말씀을 하시어 '자라보고 놀란 가슴 솥뚜껑 보고 놀란다.'라는 속담을 인용하면서 "얼마나 놀랐는지 모른다."라고 말하자 역시 동회 동무는 우등생답게 조선의 속담을 정확하게 이해한다고 칭찬하셨다.

이렇게 멋진 승마 구락부가 있다니!

6월 30일, 수업이 끝난 직후 미림 승마 구락부로 간다고 했을 때, 평양에 승마장이 있을 것이라곤 생각지도 못했으며 설사 있다손 치더라도 그저 말 몇 필 정도만 있을 것이라고 생각했다. 그러나 능라도 건너편에 있는 미림 승마구락부에 도착했을 때 깜짝 놀랐다. 우선 그 크기가 생각 이상이었고 시설도 좋았고 말도 여러 필 있었다.

평양 미림승마구락부

　구락부 안으로 들어가자 학교에서 미리 연락을 했는지 조교가 우리를 반갑게 맞이하며 안내를 했다. 야외시설을 둘러보고 실내로 들어갔다. 먼저 눈에 뜨이는 것은 어린 꼬마의 승마 장면이 그려진 벽화였다. 조교는 벽화 앞에 정중하게 절을 하고는 설명을 했다. "이 그림은 김정은 동지께서 5살 때 말을 타는 모습입니다. 장군님께서는 승마에 천부적인 소질이 있어 5살 때부터 말을 자유자재로 탔습니다. 그 당시에 이미 나보다도 말을 다루는 솜씨가 훨씬 더 뛰어났습니다."라고 했다. 아무리 천부적인 능력을 가졌더라도 '글쎄'라는 느낌이 들었다.

이에 뒤질세라 옆에 있던 동숙생도 "김정은 원수님은 3살 때 총을 쏘기 시작했고, 9살 때는 3초 내에 10발의 총탄을 쏘아 목표를 다 명중시켰다."라면서 "현역 사격선수도 속도사격에서는 원수님을 따르지 못했다."고 했다.

또 "이것뿐만 아니라 3살 때부터 운전을 시작해 8살도 되기 전에 경사지가 많은 비포장도로를 질주했으며 초고속 보트를 시속 200km로 몰아 보는 사람들의 간담을 서늘하게 했다."고 했다.

꼬마가 어떻게 그렇게 할 수 있느냐고 반문하자 자기가 지어낸 것이 아니고 책에 쓰여 있는 내용이기 때문에 확실하다고 했다.

우리가 정말로 놀란 것은 김정은의 초능력이 아니라 동숙생의 승마 실력이었다. 그녀는 말을 자유자재로 다루면서 승마를 즐겼다. 시간당 16.2달러라는 고액에도 불구하고 능숙하게 다루는 솜씨를 보니 그녀의 집이 얼마나 잘사는지를 가늠할 수 있었다.

(승마 구락부 입장권 : 2.8달러, 1시간 사용료 : 16.2달러)

달빛에 취한 연인, 연관정

귀국을 앞두고는 이제 떠나면 다시 올 수 있을까 하고 생각하니 아쉬움이 많았다. 평양의 주요 볼거리인 주체사상탑, 개선문, 만수대 언덕, 금수산 태양 궁전 등은 학교 행사 때 보았지만 연관정 등 대동강가에 자리한 누각을 보지 못해 아쉬웠다.

연관정은 옛날에 우리나라 사신이 통과할 때마다 조선의 조정에서 주연을 베풀었던 곳이고, 조선의 임진왜란 시에는 우리나라의 이여송 장군이 5만 군사를 거느리고 와 일본군과 강화담판을 벌여 평양성을 탈환하게 한 역사적인 장소라고 해서 꼭 가 보고 싶은 곳이었다.

대동강과 서평양

10월 중순 저녁 무렵 우리나라 대사관 앞에서 택시를 타고 연관정 나들이에 나섰다. 보름 무렵이라 검푸른 대동강 강물은 달빛을 받아 은빛으로 변해 한층 더 아름다웠고, 바람이 불자 강물이 살랑거리면서 물속에 수많은 달이 강물 속에서도 빛나고 있었다. 강 중앙에 있는 능라도 5.1경기장은 달을 따먹기 위해 비상하는 학과도 같았다. 이런 아름다움 때문에 평양감사도 이곳에서 우리나라 사신을 위해서 연회를 베풀었을 것이다.

대동강 속에 비친 달을 따기 위해 바위 쪽으로 내려갈 때 숲속에서 젊은 남녀가 사랑을 나누고 있었다. 달빛을 받아 은은하게 빛나는 대동강을 보고서 누구나 취하지 않을 수 없을 것이다. 그 젊은이들은 사랑에 취했을 것이고 나는 강 속에 있는 달에 취하니 평양이 온통 내 세상, 내 것 같아 보였다.

노랫소리가 높은 곳에 혁명이 있다, 노동당 축하 공연

김일성 광장에서 조선노동당 제7차 대회를 보고 난 후 축하 공연장으로 갔다. 공연은 조선의 대표 악단인 모란봉악단과 청봉악단, 국가 공훈합창단이 합동공연을 했다.

제1부에서는 〈남산의 푸른 소나무, 위대한 조선노동당 만세〉, 〈사회주의 지키세!〉, 〈당의 기치다. 천리마 달린다〉, 〈당을 노래하노라〉 등 주로 조선 노동당의 이념에 따라 조선을 더 발전시키자는 내용으로 관현악의 연주에 맞추어 남성합창, 여성중창, 혼성중창의 순으로 진행되었다.

2부에서는 혼성 중창단이 〈세상에 부러움 없어라〉, 〈영광 드립니다. 조선로동당이여〉, 〈내 운명을 지켜 준 어머니 당이여, 영원히 한 길을 기리라〉 등을 노래했다.

꾀꼬리같이 맑고 아름다운 여성 합창단의 노래 소리와 남성 합창단의 우렁차면서도 묵직한 노래가 관현악과 화음을 이루어, 듣는 이로 하여금 동기 감응을 자아내게 해 노동당 강령 학습을 따로 시킬 필요가 없을 정도로 감동적이었다.

나치 하에서 선전의 귀재로 히틀러의 입이었던 괴벨스의 말이 다시 한번 생각났다. "메시지를 잘 전달하기 위해서는 복잡한 이념을 사용할 필요가 없다. 매우 분명하고 대중이 이해할 수 있는 부분만 담으면 된다. 노

조선노동당 제7차대회경축 기념공연

랫소리가 높은 곳에 혁명이 있고 승리가 있다."는 말은 의심의 여지가 없는 듯했다.

축하 공연을 보면서 지금까지 조선에 대해 가졌던 부정적인 생각은 사라졌고 시련과 난관을 극복하면서 강성대국을 향하여 나아가고 있다는 긍정적인 느낌이 그 자리를 대신했다.

엘리제를 위하여, 인민문화궁전

가냘픈 손가락이 건반 위를 미친 듯이 두드려 댄다. 때로는 고개를 휘저으며 때로는 눈을 감은 듯하다가 갑자기 손을 좌우로 펼치며 피아노에 감정이 몰입된다. 22세인 나의 동숙생이 인민대학습당 내에 있는 피아노를 즉석 연주하는 모습이다.

나는 그녀가 친 곡이 무엇인지도 모른다. 그저 그녀의 손가락이 건반 위에서 만들어 내는 소리와 무언가를 향해 절규하는 듯한 그 모습을 보며 그녀에게 취해 있었다.

인민문화궁전

바로 이거다. 이것은 분명코 평양의 소리다. 그 속에는 모란봉과 부벽루와 을밀대가 있고 조선을 구한 기생 계월향의 숨결도 있었다.

지금까지 나는 동갑인 동숙생을 정말 가슴 속으로 미워해 왔다. 나를 감시하는 듯한 동숙생 때문에 철장에 갇힌 신세와도 같은 느낌을 받았다. 하고 싶은 말도 할 수 없고 보고 싶은 영화나 드라마도 볼 수 없었다. 그녀가 없는 틈을 타 K-pop 듣거나 한국 드라마를 보고 싶어도 불안감 때문에 마음 놓고 볼 수 없었다.

음악을 전공한다고 했다지만 먹고 살기도 힘든 현실에 과연 제대로 할지 반신반의했다. 그러나 그녀의 즉석 연주를 보고는 그동안 가슴에 싸였던 차가운 응어리가 녹아 내렸다. 여태까지는 우리를 감시하는 비밀 요원일거라고 생각했지만 연주를 보고 난 후에는 그녀를 다시 보게 되었다.

을밀대

이와는 대조적으로 김일성과 김정일 서재관에 갔을 때는 실소가 나왔다. 서재관은 김일성관과 김정일관으로 나누어져 있었다. 서재관의 크기가 웬만한 학교 도서관의 크기와 맞먹었다. 빼곡히 꽂혀 있는 장서는 눈어림으로 봐도 수천 권도 넘을 듯했다. 그런데 놀라운 사실은 그 많은 책을 김일성과 김정일이 손수 썼다고 한다. 아무리 초인적인 능력을 가졌다 하더라도 저토록 많은 책을 저술한다는 것은 불가능할 텐데. 계산이 나오지 않았다.

암흑세계가 된 능라도 청년절 행사

8월의 늦더위는 아스팔트를 녹일 정도로 열기를 쏟아냈다. 기사는 계속해 시계를 보면서 액셀을 밟았지만 5.1경기장 주변은 평소와는 달리 대형 버스들이 양 길가를 차지해 더 이상 진입이 불가능해 중간에서 내려야 했다.

　도로는 이미 청년절 행사를 위해서 전국 각지에서 온 학생들과 청년들로 붐볐으며 모두가 하나같이 햇볕에 타 아프리카 어느 도시에 온 느낌이었다.

　곧 진행될 청년절 행사는 1927년 8월 28일 김일성이 만주에서 조선공산주의 청년동맹을 결성하고 항일 활동을 시작한 날을 기념하기 위하여 1991년부터 시작되었다고 한다.

　5.1경기장 안으로 갔을 때 그 규모를 보고 깜짝 놀랐다. 1989년 5월 1일 세계 청년 학생 축전 행사에 맞추어 개장된 이 경기장은 동시에 15만 명을 수용할 수 있다고 한다.

　행사가 시작되면서 소등이 되자 경기장은 물론 능라도 주변은 칠흑같이 어두워 주체사상탑에서 나오는 햇불과 별빛만 보일 뿐이었다. 곧바로

릉라도 5.1경기장

청년 학생들이 횃불을 들고서 입장을 했다. 이들의 움직임에 따라서 노동당 당기와 인공기가 만들어졌고 성군, 백전백승, 최후의 승리를 위하여, 영생 김일성 등의 여러 글자도 만들어졌다.

칠흑 같은 어둠 속에서 수만 개의 횃불이 펼치는 한여름 밤의 향연은 너무나 감동적이라 전율을 느끼게 했다.

학생들이 외치는 함성과 구호는 5.1경기장은 물론 능라도를 넘어 온 시가지로 퍼져 나갈 듯했다. 이어서 축포가 하늘 높이 치솟아 오르면서 축제는 절정에 달했다

이런 한여름 밤의 대 파노라마는 이 지구상에서 오로지 조선만이 할 수 있는 행사가 아닐까? 라는 생각이 들었다. 그러나 행사 중에 옥에 티도 있었다. 질서 정연하게 대형을 바꿔 가면서 여러 모양을 만드는 중에 몸집이 왜소한 한 학생이 들고 있던 불이 떨어져 옷에 불이 붙어 활활 타오르자 어찌할 바를 몰랐다. 마침 주변에 대기 중이던 안전 요원이 달려가 진화를 했지만 어쩐지 마음이 개운치 못했다.

37도의 온수에 동상을 목욕을 시키다니! 만수대

아침에 일어나 창문 밖을 내다보니 하늘에는 흰 뭉게구름이 드문드문 떠 있었다. 보통강에서 불어오는 바람은 4월인데도 상당히 차가웠다. 오늘은 만수대로 가 김일성 부자를 참배하는 일정이 있어 정장을 하고 외국인 숙소 앞에 대기 중인 버스에 탑승했다. 헌화할 꽃은 미리 준비했기 때문에 꽃가게로 갈 필요가 없어 바로 만수대로 갔다.

만수대

　김일성 광장 북쪽 대동강 서안 평양시 중구역 구릉 지역에 자리한 만수대는 가까이는 천리마 동상, 만수대 대기념비, 조선 혁명 박물관, 만수대 예술극장과 만수대 의사당이 있었다. 약간 경사진 도로를 오르자 광장에는 김일성과 김정일의 동상이 평양 시가지를 바라보고 있었다.

　광장에는 한복을 곱게 차려입은 여인들과 정장을 한 남자들, 군인에 이르기까지 수많은 사람들이 줄지어 기다리고 있었다. 제단 앞과 옆에는 참배할 때 바친 꽃들이 산더미처럼 쌓여 있는 광경을 보니 이 나라 사람들이 김 부자를 어떻게 생각하는지 더 이상의 설명이 필요 없을 것 같았다.

　우리 차례가 되자 안내원은 만수대에 관한 간략한 소개와 참배 예절에 관해서 설명했다.

　참배를 마친 후 한 친구가 "아무리 그래도, 저렇게 큰 동상을 37도의 온수로 매일 깨끗하게 씻는다고? 와! 말이 안 돼. 살아 있는 사람도 아니고." 라고 말하자 다른 친구들도 맞장구를 치며 "맞아, 사실대로 말한다면 저것은 철골 구조물에 불과한데 사시사철 온수에 목욕을 시킨다니 어이가 없네?"라고 했다.

아깝다, 저 얼굴이 시체 지킴이라니! 금수산 태양궁전

내일은 정장을 하고 오라 했다. 지난번 만수대에 갔을 때도 정장을 했는데 다시 정장 차림으로 오라고 하니 김일성 부자와 관계된 행사라는 것을 눈치로 알 정도로 평양을 조금씩 이해하게 되었다.

학교를 벗어난 차는 대성 구역 미암동에 있는 큰 건물 부근에서 멈췄다. 이 거대한 건물이 금수산 태양궁전이란다. 궁전 내에서는 사진 촬영이 금지되기 때문에 카메라와 휴대폰은 차에 두고 내려야 했다.

이 궁전은 원래 김일성 주석의 관저였지만 그가 사망한 후로는 유품과 시신을 보관하는 장소로 사용되고 있다고 한다. 궁전 앞 광장은 예상 외로 굉장히 넓었다. 가로 415m, 세로 길이가 216m인 이 광장을 이렇게 넓게 만든 것은 이유가 있었다. 가로 416은 김일성이 태어난 날이고 세로 216은 김정일이 태어난 날로 그 길이를 두 사람의 생일 날짜에 맞추어 만들었다고 한다.

김 부자의 생일이나 추도식등 주요한 행사시에는 20만 명 이상의 사람들이 이곳으로 오기 때문에 이 정도로 넓어야 한다고 했다.

에스컬레이터를 타고 한참을 가서야 비로소 궁전 입구에 도착했다. 입구에는 궁전을 지키는 남자 초병이 있었다. 그는 너무나 잘생겨 보는 순간 가슴이 철렁했다. 실내로 들어서자 검은색 치마저고리를 입은 안내원이 안내를 했다.

대리석으로 장식된 궁내는 화려하고 웅장했다. 천장에는 샹들리에 등이 수십 개가 은은하게 빛나고 있었다. 홀 중앙 전면에 있는 김일성 동상은 무려 그 크기가 6m에 이를 정도로 크고 화려해 누가 우러러 보지 말라고 하더라도 자연스럽게 우러러 보지 않을 수 없을 정도의 크기였다.

두 태양에 대한 참배를 마치고 3층으로 안내받았다. 태양신을 알현하려니 절차가 보통이 아니었다. 궁전으로 들어와 9개의 문을 통과한 후에야 비로소 시신이 안치된 영생홀에 이르렀다.

홀 안으로 들어가자 부드러우면서도 장중한 음악이 흘러나왔고 대기 중인 참배객들의 눈은 충혈 되었고 곳곳에서 울먹거리는 소리가 들렸다.

숨을 죽인 채 중앙에 있는 유리관 옆으로 다가갔다. 관 속에는 이 나라의 위대한 지도자이었던 김일성과 김정일이 편안하게 잠들어 있었다. 그 모습은 죽은 사자의 모습이라기보다는 살아 있는 사람이 편하게 누워 있는 모습이었다.

우리는 참배를 위해 유리관 옆으로 더 가까이 다가갔다. 사자 머리 위쪽으로 가서는 안 된다고 해 좌우 양쪽과 발아래 쪽에서 4명씩 짝을 이루어 안내받은 대로 3번씩 절을 했다. 이때 조선 사람들은 누구나 할 것 없이 닭똥 같은 눈물을 흘리며 안타까워했다.

홀을 나오기 전 천장을 보니 4개의 방향 중 3개의 방향에 상당히 큰 구멍이 나 있었다. 아마 최적의 실내 상태를 유지하기 위해 빛과 습도와 온도를 조절하기 위한 장치인 듯했다.

그다음으로 안내받은 공간은 전시실이었다. 이들 전시실에는 그들이 생전에 사용했던 각종 유품뿐만 아니라 김일성과 김정일이 각국 지도자로부터 받은 훈장과 생전에 다고 다니던 기차와 승용차도 있었다.

찬배를 마친 후 궁전 밖으로 나온 후 우리는 서로가 느낀 소감을 나누었다. 아나나 다를까 모두가 다 잘생긴 보초병에 관한 말만 했다.

"그렇게 잘생긴 청년이 왜 여기서 시체 지킴이 노릇을 할까? 만약 그가 한국에서 태어났다면 TV 탤런트나 영화배우가 되어 뭇 여성들을 사로잡으며 한류 열풍에 큰 기여를 할 수 있었을 텐데, 어쩌다 이곳에 태어나서 저런 고생을 할까?"라며 안타까워했다.

우리를 여기에 데려온 목적은 김일성 부자의 위대함을 부각시키고 금수산 궁전의 화려함을 보여 주기 위함일 텐데 우리는 그들의 의도와는 달리 오로지 핸섬한 그 남자 타령만 하고 있었다.

효성이 지극한 김정일, 주체사상탑

"주체사상탑을 방문해 주셔서 감사합니다."라고 말하는 안내원의 중국어 실력은 완벽했다. 중국어는 지역에 따라 상당한 차이가 있다. 따라서 말씨를 들어 보면 그 사람이 어느 지역 출신 사람인지를 알 수 있다. 우리 중국의 표준어는 북경을 비롯해 하얼빈 등 동북지방에서 쓰는 말이 표준어이다. 중국 북경 사람이냐고 물었더니 아니라고 했다. 그런데도 어떻게 중국어를 잘 구사하느냐고 물었더니 평양 외국어대에서 배운 대로 할 따름이라고 했다.

평양의 중심 구역인 중구역 김일성 광장 건너편에 자리하고 주체사상탑은 1982년 김일성의 70회 생일을 맞아 주체사상을 기념하기 위해서 김성일의 주도로 제막되었다고 한다.

이 탑은 높이가 무려 170m로 세계에서 가장 높은 석탑이라고 한다. 탑 꼭대기에는 봉화탑도 있는데 그 높이가 20m에 이르며 타오르는 횃불은 고난의 행군 시에 꺼진 것을 제외하고는 한 번도 꺼진 적이 없다고 한다.

탑기단 정면에는 「누리에 빛나라 주체사상이여」 라는 헌시가 있고, 그 정면에는 높이 30m의 군상이 3개가 있다. 이 군상은 펜과 낫, 망치를 들고 있다. 낫은 농민을, 망치는 노동자를, 펜은 지식인을 상징하는데 이들이 사회를 구성하는 핵심 계층이고 이들의 전진이야말로 조선을 발전시키는 원동력이라고 한다.

전망대에 오르기 위해 고속 엘리베이터를 타려고 탑 안으로 들어가자 세계 80여국의 지도자들이 주체사상탑과 주체사상을 기리기 위해서 보내온 대리석 옥돌이 내부를 장식하고 있었다.

엘리베이터를 타고 전망대에 오르자 평양의 전경을 한눈에 내려 볼 수 있었다. 유유히 흐르는 대동강은 평양을 동 평양과 서 평양으로 양분하고, 북쪽 능라도에 있는 5.1경기장은 학이 막 비상하려는 모습이었다. 김일성이 러시아의 제88국제여단에서 평양에 입성한 후 최초로 연설을 한 자리에 세워진 개선문도 손을 뻗으면 바로 잡힐 듯이 지척에 있었다.

전망대를 둘러 본 후 누군가가 "안내원님, 김정일 장군님이 이 세상에서 가장 효자이군요."라고 하자 안내원이 "동무, 그거 무슨 말씀입니까?"라고 물었다. "이렇게 어마어마한 선물을 부친인 김일성 주석께 드렸는데 이 세상에 어느 아들이 과연 이런 선물을 줄 수 있을까요?"라고 하자 그녀는 빙그레 웃으며 "맞습네다."라면서 만족해했다.

역시 우리 장군님은 위대해, 개선문

평양에 온 지 한 달쯤 지나자 자신감이 생겨 학교의 도움을 받지 않고 외출을 할 수 있어, 우리 유학생끼리 개선문으로 갔다.

개선문

개선문 하면 제일 먼저 떠오르는 이미지는 1806년 오스테를리츠 전쟁에서 승리를 기념하기 위해 세워진 파리의 샹젤리제 거리에 있는 개선문일 것이다. 평양의 개선문은 파리의 개선문보다 90년 후인 1982년 4월 14일, 김일성의 70회 생일을 맞이해 1945년 김일성이 평양에 입성 후 첫 연설을 한 것을 기념하기 위해 시내로 들어오는 입구인 이곳에 세워졌다고 한다.

고급 화강석으로 정교하게 만들어진 이 문은 높이 60m, 넓이가 50m인 4층 구조물로 1층 앞뒤 면에는 '1925'와 '1945'라는 숫자가 새겨져 있다. '1925'라는 숫자는 김일성이 14살 때 독립운동을 하기 위해서 만주로 떠나간 해이고 '1945'는 광복 후 김일성이 개선장군이 되어 돌아온 해를 뜻한다고 한다.

2층 상단에는 〈김일성 장군의 노래〉 가사가 새겨져 있고 가장자리에는 김일성의 70회 생일을 상징하는 70송이의 진달래 문양이 새겨져 있었다.

개선문 주변에는 상당수의 사람들이 있었다. 그들이 입고 있는 옷의 차림이나 행동으로 보아 평양시민은 아닌 듯했다. 그중에 한 아주머니가 우리를 보고는 훈시조로 "이봐, 동무 얼굴은 고운데 왜 장군님 배지가 없다우?"라고 했다.

우리는 중국에서 온 유학생이라고 하자, "그러면 그렇지. 우리 장군님이 위대하다는 것을 중국 사람도 모를 리 없지"라고 혼잣말처럼 중얼거렸다.

보통강에 웬 미군 군함이? 전쟁 승리 기념관

조선 인공기를 높이 들고 포효하는 병사의 상을 보니 누가 보더라도 이곳이 전쟁과 관련된 곳임을 알 수 있다

입구에 들어서자 미모의 여군이 우리를 안내했다. 역시 조선은 '남남북녀'라는 말이 맞는 듯하다. 수밀도 같은 피부에 오뚝 솟은 코 살짝 들어간 볼, 균형 잡힌 몸매 저런 예쁜 여자면 탤런트가 되고도 남을 얼굴인데 왜 군인이 되었을까 하는 생각이 들었다.

평양 조국해방전쟁승리기념관

평양 조국해방전쟁승리기념관(낙동강 도하전투)

기념관 중앙 광장에는 6.25전쟁 시에 치열한 공중전을 벌였던 전투기가 지금도 명령만 내리면 출격할 준비 태세를 갖추고 있었다.

박물관 안으로 들어가자 6.25전쟁 중에 사용되었던 총과 대포 등 각종 무기들이 그대로 전시되고 있었다. 그중에서 눈길 끄는 것은 전쟁 발발 3일 후인 1950년 5월 28일 한국 중앙청을 가장 먼저 점령한 312호 탱크였다.

안내원은 "우리 공화국군은 세계 최강의 미국과 싸워 승리를 했습니다. 미 제국주의자군은 세계 제2차 대전 시에 쏟은 포탄보다도 더 많이 퍼부어 우리 공화국 수도인 평양은 불바다가 되었고 거의 모든 건물이 파괴되었지만, 불세출의 전략가이신 원수님께서는 신출귀몰한 전략을 펼치시어 놈들을 항복시켰습니다."고 했다.

전시에 사용되었던 살상 무기들이 파괴된 상태로 보아 이 전쟁이 얼마나 참혹했던가를 어느 정도 짐작할 수 있었다.

보통강에 정박 중인 푸에블로호

전쟁 승리 기념관을 나와 바로 옆 보통강가에 정박 중인 푸에블로호 군함에 승선을 했다. 안내원은 "이 군함은 미국 정탐 군함으로 1968년 1월에 원산 앞바다에서 우리 공화국 군사 시설을 정탐 중일 때 함정 4척과 전투기 2대를 발진해 바로 나포해 왔습니다. 미군 함정이 아무리 최첨단 시설을 갖췄다 하더라도 우리 공화국 병사들에게는 상대가 되지 못했지요. 이 전리품을 보기 위해 수많은 사람들이 다녀갔습니다. 그들은 모두가 한결같이 미 제국주의의 만행에 다시 한 번 치를 떨었고 우리 군이 세계 최강이라는 사실에 자부심을 느꼈습니다."라면서 의기양양해했다.

매일 이 앞을 지나면서 군함이 왜 이곳에 정박 중인가를 궁금해했는데 안내원의 설명을 듣고서야 궁금증이 풀렸다.

조선만이 갖고 있는 특수한 교과목

숙소를 출발한 지 1시간쯤 지나 평양 교외에 있는 중등학원에 도착했다. 보통 중학교면 시끌벅적하고 운동장에는 많은 학생들이 뛰어놀 텐데, 숨소리조차 들리지 않을 정도로 조용했다.

시내 외곽 지역까지 우리 외국인을 데려와 관람시킨다는 사실로 보아 시설이 보통이 아닐 것이라고 짐작은 했지만 기대 이상으로 훌륭한 시설과 학습기자재를 갖추고 있었다.

6개 레인을 갖춘 실내 수영장을 비롯해 실내 농구장, 배구장, 배드민턴장 등의 체육시설과 수백 개의 관람석을 갖춘 공연장, 자동차 엔진이 갖추어진 기술실, 컴퓨터실, 각종 과학실험 도구로 가득 찬 과학 실험실, 동영상실 등이 있었다. 교실에도 대형 TV와 컴퓨터가 갖추어져 화상 수업

평양 중등학원 실내체육관

평양 중등학원 과학실험실

을 할 수 있었고 책상과 의자도 고급스러웠다.

그런데 좀 특이한 점은 여학생을 위한 가사 실습실이 있다는 것이었다. 그곳에는 수십 대의 재봉틀과 천, 다리미가 있는 것으로 보아 손수 옷을 만드는 기술을 가르치는 듯했다.

이번 평양중등학교 방문을 통해서 이 나라만의 특이한 교육 과정을 알게 되었다. 조선의 의무 교육 기간은 유치원 1년, 소학교 5년, 초급 중학교

3년, 고급 중학교 3년으로 총 12년이었다.

소학교의 교과 과목은 위대한 수령 김일성 대원수님 어린 시절, 위대한 령도자 김정일 원수님 어린 시절, 항일의 여성 영웅 김정숙 어머님 어린 시절, 수학, 국어, 자연, 음악, 도덕이고, 고급 중학교의 교과 과목은 위대한 수령 김일성 대원수님 혁명력사, 위대한 령도자 김정일 대원수님 혁명력사, 항일의녀성 영웅 김정숙 어머님 혁명력사, 경애하는 김정은 원수님 혁명력사, 국어, 수학, 한문, 영어, 물리, 화학, 생물 등이다.

12년간의 교육 기간 중 김일성과 그의 부인 김정숙, 아들 김정일, 손자 김정은까지 3대에 걸친 가족사가 국어, 수학 등과 더불어 필수과목이었다. 김일성 가계에 관한 것은 이것뿐만이 아니었다. 학생들은 방학 중엔 김일성 부자 혁명 사적지도 답사해야만 했다.

대학입시 제도도 특이했다. 고등 중학교 졸업반이 되면 12월에 대학 예비시험을 본다. 이 예비시험에서 약 75%의 학생이 탈락하고 예비시험에 합격한 학생만이 자신이 지원하고자 하는 대학에 가서 본고사 시험을 본

평양 중등학원 운동장

다. 예비시험 과목은 김일성, 김정일, 혁명력사, 국어, 영어, 수학, 화학, 물리 등 6개 과목이고 모두가 주관식이다. 예비시험 결과는 과목별 석차 순으로 공개되며 본고사도 예비고사와 마찬가지로 주관식형의 학과 시험과 면접, 체력장을 치러야 한다.

대학 전형에서는 본인이 받은 점수뿐만 아니라 추천도 중요하다고 한다. 우선 출신성분이 좋아야 하는 것은 물론 청년 동맹등 기관의 추천서도 받아야 한다. 이렇게 해서 시험을 치른 수험생 중에서 10% 정도만 합격이 가능하고 불합격자는 취직을 하거나 군대에 간다. 이들은 직장에서 3~5년 또는 군대에서 10년을 근무한 후에 기관의 추천을 받아야 입학할 수 있다. 학교나 청년 동맹, 군부대, 직장 등 추천 기관에서는 출신 성분과 충성도를 반영한다. 그렇기 때문에 진학을 위해서는 수령과 당에 대한 충성도가 절대적이다.

또 다른 특이한 점은 농촌 지역에서는 인민학교 학생들이 등교할 때 특정 장소에서 만나서 반별로 대오를 지어 등교를 한다는 것이다. 이외에도 고등중학교 재학생은 방학 중에 농장이나 기업에서 1주일간 노동 봉사도 필수적이라고 한다.

한반도의 중심은 어디일까? 과학기술전당

8월 중순 평양의 기온은 상상을 초월해 조금만 움직여도 땀이 비 오듯이 흘러내렸다. 대동강 쑥섬 위에 자리한 과학기술전당에 도착했을 때는 오후 2시 반경이었다.

쑥섬에 있는 과학기술전당

　전당의 외관은 원자핵과 비슷해 누가 보더라도 과학관 건물임을 알 수 있다. 관 안으로 들어서자 새집 증후군인 포름알데히드 냄새가 코를 자극했다.

　우리를 맞이한 안내원은 건물의 구조부터 설명했다. "평양은 조선 반도의 중심이다. 평양 중에서도 대동강에 있는 이 쑥섬이 가장 중심이다. 그 중심에 자리한 이 과학관은 원자의 핵과 같다"라면서 핵의 원리를 쉽게 설명했다.

　이 과학관에는 응용과학기술관 등 여러 개의 관이 있었다. 우주과학관에서는 조선이 자랑하는 은하 3호의 실물 크기 모양도 전시되어 있었고, 지학관에서는 화산과 지진이 일어나는 현상을 쉽게 알 수 있도록 보여 주는 장치도 있었다. 또 다른 관에서는 해밀턴의 수수께끼를 푸는 방법을 제시하면서 학생들의 호기심을 불러일으켰고, 음향관에서는 벡토로스코프타형을 이용해 방송이 송출되는 원리도 쉽게 알아볼 수 있도록 모형화

과학기술전당

되어 있었다.

무엇보다도 내가 감명을 받은 것은 해설자의 설명을 듣는 학생들의 진지한 눈빛이었다. 그 눈빛이 바로 조선의 미래 과학기술을 이끄는 원동력이 아닐까!

자연이 빚어낸 최고의 명품 평양

정일봉 꽃향기 풍기어 오고
만경봉 진달래 활짝 피어난

봄 봄 내 사랑하는
평양의 봄은 언제나 좋아
행복한 어린이들 사랑의 선물 안고 기뻐 웃으며
평양의 봄은 언제나 좋아

모란봉 청류벽 바라다보니
절승의 경개가 여기로구나
여름 여름 내 사랑하는
평양의 여름 언제나 좋아
대동강 맑은 물에 푸르른 록음이 비끼어 있고
주체탑 바라보며 뱃놀이도 즐거운
평양의 여름 언제나 좋아

단풍이 곱게 든 을밀대 보고
달 밝은 최승대 찾아서 가는
가을 가을 내 사랑하는
평양의 가을은 언제나 좋아
대성산 렬사릉에 붉은 꽃 한 다발 정히 드리고
평양의 가을은 언제나 좋아

함박눈 내리는 대동강가에
평양 종소리도 울리어 가는
겨울 겨울 내 사랑하는

평양의 겨울은 언제나 좋아

만수대언덕으로 축원의 꽃바구니 물결쳐가고

보통강 얼음우에 팽이치기 신나는

평양의 겨울 언제나 좋아

후렴: 아~ 은혜론 태양이 빛을 뿌리고

　　　찬란한 향도성이 우리 앞길 밝히니

　　　평양의 사계절 언제나 좋아

출처 : 김형직사범대 외국인용 교과서

　위 글은 평양의 사계절을 예찬한 시이다. 위의 내용처럼 평양은 아름다운 자연과 인간이 빚어낸 조형물이 조화를 이루어 만든 지상 낙원처럼 보인다. 평양시 중앙을 관통하는 대동강은 시를 동서로 나누고, 금수산에서 솟아난 모란봉은 대동강에서 피어난 연꽃과도 같으며, 능라도의 5.1경기장은 백조가 호수 위를 떠도는 형상이다. 동평양과 서평양을 오가는 배들은 이승과 저승을 연결해 피안의 언덕으로 이끄는 반야용선과도 같아 편안한 느낌을 준다.

　그러나 이런 무결점의 평양도 옥의 티와도 같은 것이 있어 안타까울 따름이다. 시내 곳곳에 붙어 있는 '강성대국', '선군 혁명', '핵 우주 강국', '타도 제국주의' 등의 캐치프레이즈나 승리역, 전우역, 영광역, 개선역 등의 역사 명칭은 자연스럽고 평화적인 분위기와는 거리가 멀어 보인다.

조선의 자존심, 핵무기

아래 글은 김정은이 얼마나 과학을 중시하는가를 알 수 있는 글이다.

위대한 령도자 김정일 동지의 명언

"과학기술에 대한 관점과 태도는 곧 혁명에 대한 관점과 태도이며 과학기술을 홀시하는 것은 혁명을 하지 않겠다는 것과 같다."

"현시대는 과학과 기술의 시대이며 과학과 기술은 경제적 진보의 기초이다."

"오늘의 시대는 두뇌전의 시대이며 지식전의 시대이다."

인류의 발전력사는 곧 인간의 지혜와 창조적 재능이 집대성된 과학과 기술의 발전력사이기도 하다. 20세기 후반기만 하여도 인류는 그 이전 수천 년 동안에 이룩한 과학기술적 성과들을 다 합친 것보다 더 큰 성과를 달성하였다.

과학기술 발전의 이런 세계적 추세와 전망을 깊이 헤아리신 분은 위대한 령도자 김정일 동지이시다.

언제인가 위대한 령도자 김정일 동지께서는 한 일꾼에게 과학을 무시하면 나라가 일어설 수 없다고, 하루하루가 지난 시기의 1년, 10년 맞잡이로 발전하는 오늘의 시대에서 기술을 무시하면 배겨낼 수 없다고 하시었다.

나라의 흥망성쇠가 과학기술을 발전시키는 데 달려 있으며 과학기술을 빨리 발전시켜야 내 나라, 내 조국을 더 부강하게 할 수 있다는 것이 위대한 장군님의 지론이다.

그러기에 위대한 령도자 김정일동지께서는 조선로동당과 국가의 전반사업을 돌보시는 바쁘신 속에서도 언제나 과학기술을 중시하시며 그 발전을 위해 모든 것을 바쳐 오시었다. 장군님께서는 모든 것이 어려웠던 고난의 행군, 강행군시기에도 과학기술 중시 로선을 중요하게 내세우시고 과학기술 중시 기풍을 확립하도록 하시었다. 한편 장군님께서는 여러 분야의 과학기술부문 사업을 현지에서 지도하시었다.

주체 84(1995)년 사회의 어느 부분보다 먼저 국가과학원을 찾아 주셨던 위대한 령도자 김정일동지께서는 주체 88(1999)년 새해 정초에도 제일 먼저 국가과학원을 찾아 주시고 그해 3월에는 국가과학원 함흥분원을 현지 지도하시었다. 그때 장군님께서는 과학연구사업 정형을 구체적으로 이해하시고 과학기술 발전에서 이룩한 과학자들의 연구 성과를 높이 평가해 주시었으며 천재적 예지로 앞으로의 과학 연구 사업에서 나서는 방향과 방도들을 밝혀 주시었다.

주체84(1995)년 우리 과학자들이 자체로 개발한 CNC 줄방전 가공반(4축)을 보아 주시고 제일로 기뻐하시며 나라의 CNC화 실현을 결심하시고 이끌어 주신 분도 위대한 령도자 김정일동지이시다. 진정 나라의 과학기술 발전에 바쳐 오신 위대한 장군님의 현명한 령도에 대하여 이야기하자면 끝이 없다.

과학기술에 대한 령도자 김정일 동지의 지도는 장군님께서 지니신 해박한 지식에 기초하고 있다. 우주공학, 재료공학, 생물공학, 기계공학 등 모든 분야에 대한 장군님의 지식의 폭과 깊이는 그 얼마인지 모른다.

자신께서는 과학을 중시하신다고, 그래서 직접 컴퓨터 기술을 연구하면서 컴퓨터 부분 과학연구 사업을 지도하고 있다고 하신 장군님의 말씀은 나라의 과학기술이 비약적으로 발전할 수 있는 원천이 어디에 있는가를 보여 주고 있다. 위대한 장군님의 비범한 실력을 다소나마 알고 있는 세계의 저명한 학자들과 통신, 방송들은 "우주와 전자의 세계를 비롯하여 과학의 모든 것에 그 누구보다도 민감한 것으로 인정되고 있는 현대 정치가 김정일 동지!"라고 높이 칭송하였다. 위대한 령도자 김정일 동지께서는 과학자, 기술자들의 수고도 남 먼저 헤아려 주시며 그 어떤 과학 연구 성과에 대해서도 전문가들보다도 그 가치를 더 깊이 헤아려 주신다.

이처럼 위대한 령도자를 모시고 있는 것으로 하여 모든 것이 어려운 속에서도 첫 인공지구위성이 하늘 높이 날아오르고 그로부터 10여 년 후에 또다시 '광명성-2호'를 성과적으로 발사할 수 있었으며 오늘은 위대한 장군님의 유훈을 높이 받들어 경애하는 김정은 원수님의 령도 밑에 '광명성-3호' 2호기의 발사를 성공시킴으로써 위성발사국, 위성보유국의 지위를 공고히 하고 민족의 존엄과 위력을 온 세상에 떨치었다.

국가과학원(기관명) : 우리나라에서 과학연구 사업을 통일적으로 조직하고 지도하는 최고기관이다. 조국해방전쟁 시기에 조선 민주주의인민공화국 과학원으로 창립되었다.

국가과학원 함흥분원(기관명) : 국가과학원에 속해 있는 과학연구기관이다.

'광명성-3호' 2호기 : 우리나라에서 주체 101년(2012)에 발사한 인공지구위성 이름이다.

출처 : 김형직사범대 외국인용 교과서

모 주석의 아들이 왜 여기에

금요일 2교시 수업이 끝난 후 우리 대사관에서 연락이 왔다. 내일은 회창에 있는 열사 능원을 참배할 예정이니 정장을 입고 9시까지 대사관 앞으로 오라고 했다.

평양에 온 후 김일성, 김정일 부자와 노동당과 관련된 행사는 여러 번 참가했지만 우리나라와 관련된 행사는 처음이라 잔뜩 기대가 되었다.

이튿날 아침 대사관 앞에 도착하니 10대의 관광버스가 대기하고 있었다. 대사님을 비롯해 대사관 직원, CCTV와 환구시보 등 언론사 관계자, 평양에서 사업하는 사업가, 주재원과 유학생 등 300여 명의 동포가 모여 있었다.

배정받은 차량에 탑승하자 대사관 관계자는 준비해 온 꽃과 헌화할 묘역의 번호와 이름이 적힌 쪽지를 주었다.

49인승 관광버스는 옥류교를 건너 시내를 벗어나자 속도를 내기 시작했다. 대동강은 며칠 전에 내린 폭우로 강물이 불어나 훨씬 넓어 보였고 강둑에는 낚시를 하는 사람도 있었다.

1시간쯤 달려 시내를 벗어나자 이 나라 사람들의 소박한 삶을 볼 수 있다. 나무 그늘 아래서 담소를 즐기는 사람들, 외나무다리 아래서 빨래하는 아낙네, 시냇가에서 물장구질을 하는 어린이, 밭에서 옥수수와 고추를 따는 노부부, 쟁기질을 하는 농부, 산등성이마다 겹겹이 에워싸인 농가의 모습을 보니 비록 헐벗고 가난하지만 아름다운 자연과 더불어 살아가는 사람들의 삶이 소박하면서도 정겨워 보였다.

평양-회창 간의 농촌 풍경

반면에 산등성이를 크게 차지하고 있는 '완전 승리를 위하여 총 공격 앞으로!', '경애하는 김정은 원수님께서 올해 신년사에서 제시하신 강령적 과업을 철저히 관철하자!', '만리마 속도로 창조의 불길 높이 사회주의 완전 승리를 위하여 총공격 앞으로!' 등의 구호는 전원적인 분위기와는 어울리지 않았다.

버스는 계속해서 서북 방향으로 달려 산세가 점점 더 깊은 골짜기로 향했다. 소나무가 울창하게 우거지고 험한 바위산 골짜기 사이로 접어들자, 안내원은 잠시 후 회창에 도착할 것이라고 했다. 좁은 산마루를 굽이굽이 돌아 평안남도 회창읍에 도착했다.

평안남도 회창 시내

읍내 중심 광장에는 '위대한 김일성 동지와 김정일 동지는 영원히 우리와 함께 계신다.'고 쓰인 영생탑과 김일성 부자의 대형 초상화가 시내 전체 분위기를 압도했다. 심산유곡의 골짜기 동네인데도 김일성 부자에 대한 숭배는 변함이 없는 듯하다.

시내를 벗어나 서쪽 방향으로 접어드니 산세는 더 깊어졌고 울창한 소나무가 시야를 가렸다. 굽은 도로를 따라 오르막길을 지나자 방한모를 쓴 병사의 동상이 주변을 예의 주시하고 있었다. 바로 이곳이 우리의 목적지인 회창 중국 인민 지원군 열사릉이었다.

동상 하단에 있는 '프로레타리아 국제주의 기치 하에 피로 맺어진 조·중 인민들의 친선은 영원하리라!', '여기에 잠든 위대한 중국인민의 아들, 딸들이여! 미제를 반대하는 공동의 싸움에서 그대들이 남김

중화인민공화국 열사릉(회창)

위훈은 조선인민의 력사에 길이 빛나리라!'라는 글귀를 보니 가슴이 뭉클했다.

이 동상을 중심으로 주변에는 수백 기의 봉분과 비석이 있었다. 각 비석에는 '열사 ○○○지묘'라고 쓰여 있어 누구의 봉분인지를 바로 알 수 있었다.

수많은 봉문 중에서 맨 앞 열에는 다른 망자와 비해 더 큰 봉문이 있었다. 모택동 주석의 아들 모안영의 묘였다. 그의 묘가 왜 여기에 있지? 그는 중화인민공화국의 국부이자 신처럼 떠받들어 온 모택동 주석의 아들이 아닌가! 그가 이 먼 이국땅 깊은 산골짜기에 영면하고 있는 것을 보니 너무

나 충격적이고 놀라웠다. 참으로 어처구니가 없고 이해할 수가 없었다.

모택동 아들 모안영의 묘

묘지 입구에는 김일성이 망자들을 위해 쓴 '中國 支院軍 弟兄們 流下的 鮮血和 出的 貢獻 朝鮮 人民 永遠不會 望記 金日成(중국 지원군 여러분들 이 흘린 피와 공헌을 조선 인민들은 영원히 잊지 않고 기억할 것입니다)' 라는 글귀도 있었다.

김일성이 정치인이자 뛰어난 군사 전략가이며 한시도 잘 짓는 명문장 가라더니 위의 이 문장도 흠결이 하나도 없는 좋은 문장이다. 그런데도 좀 아쉬운 점은 이 문장에서 선혈화와 공헌 사이에 '주(做)'를 추가하면 '중 국 지유원군 제형문유화적 선혈화 주출적 공헌 조선인민 영원불회 망기' 이다. 이와 같이 '주'를 추가하면 그 내용은 '중국 지원군 여러분이 흘린 피 와 기여한 공헌을 조선 인민들은 영원히 잊지 않고 기억할 것입니다'이다. 따라서 공헌 앞에 '이바지한'이란 글자를 넣었으면 더욱더 명문의 문장이 아닐까라고 생각해 본다.

우리는 준비해 간 생화를 배정받은 묘에 헌화했다. 헌화 후 무덤 하나하나를 다 둘러보았다. 열사 초옥덕, 열사 이승경, 열사 맹고민 등 모두가 다 소중한 생명이 아닌가!

조국도 아닌 남의 나라에 지원군이라는 명분으로 참전하여 젊은 나이에 꽃도 피워 보지도 못한 채 산화되어 간 영령, 그들의 전사 소식을 듣고 통탄을 하며 자식을 가슴 속에 묻어야 했던 부모와 형제들, 끝내는 시신조차도 남의 나라에 남겨 두었어야 했으니 그 심정이 오죽했을까? 이를 생각하니 가슴이 찡하고 눈시울이 붉어졌다.

인간은 이성적인 동물이다. 이성을 가졌기 때문에 과거의 경험으로부터 배운다. 전쟁은 언제나 폐허, 멸망, 파괴, 살육 등 처참한 결과로 끝나지 않았나! 크든 작든 한 번의 예외도 없이 결과는 꼭 같았다. 그런데도 불구하고 인간은 왜 전쟁의 굴레에서 벗어나지 못할까?

나는 대사님 일행과 함께 열사릉 참배를 마치고 평양으로 돌아온 후 모택동 주석과 그의 아들 모안영에 관해서 궁금증이 생겼다.

모 주석은 중국 5000년 역사에서 시 황제에 버금갈 정도로 막강한 권력을 가졌기 때문에 아들을 전쟁터에 보내지 않을 수도 있었을 텐데 어째서 국내도 아닌 남의 나라 전쟁에 참전시키게 되었을까? 그는 어쩌다가 죽었는지, 그의 시신을 어째서 외국에 안장했는지가 궁금했다.

춘애를 비롯한 몇 명의 친구들에게 물어 보았으나 그들 역시 몰랐다. 중국의 바이두 사이트를 검색하면 알 수 있을 텐데 불행하게도 이곳은 문을 꽉 닫고 외부세계와 단절된 채 살아가는 국가라 인터넷도 되지 않아 알 길이 없었다.

나는 유학을 마치고 고향으로 돌아와 할아버지에게 이 사실을 알고 있는지 물어보았다. 할아버지가 아는 것은 모 주석의 아들이 조선 전쟁에 참전해 희생된 사실만 알고 있었을 뿐 다른 것은 몰랐다.

나는 이에 관한 여러 자료를 찾아보았다. 그중에서도 가장 간결하게 요약이 잘된 자료는 『길림신문』 기사였다.

아래 내용은 『길림신문』에서 발췌한 기사 내용이다.

모안영은 모택동 맏아들이다.
모안영의 중국 인민의 믿음직한 아들이며
영웅적 기개를 지닌 사내대장부며
우리 후세 사람들이 따라 배울 본보기다.
모안영의 일생은 짧았지만
평범하고도 위대한 일생이며 명예로운 일생이다.

모안영
1922. 10. 24.~1950. 11. 25.
1922년 후난성 장사에서 아버지 모택동과 어머니 양계해 사이에서 장남으로 태어났다.

그가 8살 때 어머니는 국민당군에 의해 처형되었다.

1936년 장학량의 부하 리두 장군의 알선으로 프랑스로 갔고 곧 소련으로 가서 1946년까지 생활한다. 1946년 귀국해서 중공 중앙 선전부에 근무했었고 1950년 북경시 기계 공장 당 총지부서기로 일했다. 1950년 6.25 한국전쟁이 발발해 모안영이 참전 의사를 밝혔을 때 지원군 총사령관 팽덕회 등 수뇌부는 모 주석에게 반대 의사를 밝혔으나 모 주석은 "그는 바로 이 모택동의 아들이다"라며 아들이 전쟁에 참전하는 것을 반대하지 않았다고 한다.

1950년 10월, 모안영은 혼례를 치른 지 일주일 만인 10월 23일 신혼의 단꿈이 가시기도 전에 팽덕회 총사령관을 따라 비밀리에 심양을 거쳐 단동으로 간다.

단동시 관전현 하구촌에 있는 중조육로교인 청성교를 지나 조선 전쟁에 참전했는데 그의 임무는 팽덕회 총사령관의 러시아어 번역병이었다.

중국인민지원부 총사령부는 평안북도 회창군 대유동 골짜기에 있는 금광굴이었다. 바로 여기서 20세기 최고 지도자인 모택동의 맏아들 모안영이 사망한다.

출처 : 『길림신문』

나의 조부모님은 시간만 나면 모 주석에 대한 향수를 이야기 하면서, 조선 사람들이 김일성을 신봉하듯 모 주석을 신처럼 모셨다. 그러나 우리 젊은 세대는 그를 문화 대혁명을 일으켜 문화를 말살시키고 경제 발전을 후퇴시킨 장본인이라는 부정적인 생각을 갖고 있다.

나는 이번에 모안영의 무덤을 보면서 모 주석에 대한 생각을 바꾸는 계기가 되었다. 눈에 넣어도 아깝지 않을 자식을 희생시키고도 먼저 나라를 생각하는 그의 애국심에 감탄을 보내지 않을 수 없다.

가슴에 카메라를 숨기고

열사릉 묘지 바로 옆에 요새로 사용되었던 갱도가 있었다. 이 갱도는 금을 채굴하기 위해서 뚫은 것으로 그 길이가 수백 미터도 넘었으며 한국전쟁 중에는 우리나라 지원군 사령부로 사용 되었다고 한다.

지원군 사령부 작전상황실로 사용되었던 공간에는 아직도 당시의 상황을 알 수 있는 작전 상황도가 있었다. 9AC, 20AC, 3A, 47A 등의 글자와 화살표 모양은 당시의 병력 배치 상황이나 적군의 진지나 예상 이동 경로 등이 아닐까 하는 생각이 들었다. 작전지도 옆에는 김일성과 우리나라 팽덕회 총사령관 등 주요 지휘관들이 무엇인가를 진지하게 토의하는 사진도 있었다.

회창 중공군 지하 사령부

회창 중공군 사령부에서 서명 중인 김일성

70년 전으로 시계추를 돌리면 이곳은 조선반도의 판도를 바꾸는 수많은 작전이 세워지고 하달되었을 것이다.

나는 이 역사적인 장면을 찍고 싶었지만 촬영 절대 금지 구역이라 엄두도 낼 수 없었다. 그러나 방문객이 300명이 넘는 인원이어서 몇몇의 안내원으로는 일일이 다 통제를 할 수 없을 것이라고 생각하면서 기회를 엿보았다.

선두 일행이 다른 상황실로 이동하는 틈을 타 가슴 속에 숨겨둔 휴대폰으로 셔터를 누르려는 순간 안타깝게도 휴대폰이 땅바닥에 떨어지면서 '찡그렁' 하는 소리가 났다. 동굴 속이라 공명이 되어 소리는 더 크게 울렸다. '아차, 큰일 났구나. 어떻게 위기를 모면할 수 있을까.' 하고 생각하는데 안내자는 뒤돌아보면서 "휴대폰이 파손은 되지 않았느냐?"라고 물었다. 다행히 그는 내가 했던 행동을 모르는 듯해 안도의 한숨을 쉬었다. 일이 이렇게 되자 안내자의 의심을 피하기 위하여 앞으로 뛰어가 대사님이 있는 선두 그룹 대열에 합류했다. 갱도를 한 바퀴 돈 후 밖으로 나오자 안내자는 옆에 있는 지휘소로 일행을 안내할 때 뒤로 물러나 상황을 예의 주시했다. 그들은 밖에서도 대사님이 계시는 선두 그룹에만 신경을 쓰고 있었다.

기회가 왔다고 생각하면서 총총걸음으로 갱도 안으로 다시 들어갔다. 안에는 아무도 없었다. '찰칵찰칵.' 역사적인 현장이 드디어 나의 휴대폰에 담기는 순간이었다.

사진을 찍고 허겁지겁 뛰쳐나오자 일행은 콘크리트 건물 주변을 살피고 있었다.

김일성이 직접 찾아와 우리나라 지휘부를 3번이나 만났다는 이 건물은 책상, 스탠드, 재떨이, 물병, 물컵, 찻잔, 온열기, 전화기 2대와 의자가 있는 것으로 보아 6.25전쟁 중에 팽덕회 사령관의 관사인 듯했다.

요새에서 가까운 곳에 향나무와 관목으로 에워싸인 광장이 있었다. 광

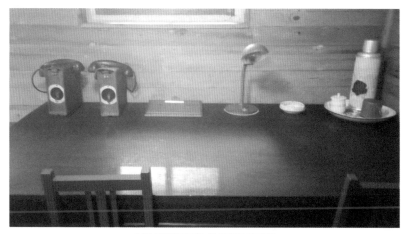
6.25 당시 중공군 총사령관 집무실

장 중앙에는 '여기서 이룩한 위대한 업적과 그 공을 잊지 않고 깊이 간직하자.'는 내용의 헌시비가 있었다.

광장 옆에는 300~400명을 수용할 수 있는 강연장이 있었고 실내엔 김일성과 모택동 주석의 사진이 나란히 걸려 있었다.

조선에서는 어디서든 김일성의 사진이 있는 곳이면 반드시 김정일의 사진이 있는데 없는 것을 보니 이 지역에서 만큼은 우리나라가 기여한 공이 많다는 것을 알 수 있었다.

강당을 나오면서 다시 한 번 주변을 둘러보았다. 군사적인 지식이나 전투에 관한 상식이 전무하지만 험준한 산으로 굽이굽이 에워싸인 이곳 지형은 천혜의 요새 그 자체로 보였다.

조선에서 가장 맛이 없는 식당은?

강당을 나온 후 점심 식사를 하기 위해 시내에 있는 회창 식당으로 갔다. 가는 길 곳곳에는 '목숨으로 사수하자!', '200일 전투, 3대 혁명, 5개년 전략 모두 다 제7차 대회 결정 관철에로!', '만리마 속도, 창조로 년간 계획 빛나게 완수, 과학 기술 따라 앞서기, 경쟁열풍 따라 배우기', '모두 다 만리마 속도, 창조 운동에로!' 등 생산을 독려하는 내용 일색이다.

읍내 중심지에 200여 평 가량의 3층 건물을 짓고 있어 무슨 건물인지 궁금해 옆에 있는 전경도를 보니 문화회관이었다. 군 단위에서 저 정도 규모의 문화 공간을 짓는 것을 보고 상당히 놀랐다.

회창읍

앞전의 행사가 예상보다 오래 걸려 모두가 시장기를 느끼고 있었다. 금강산도 식후경이라 이 순간 가장 바라는 것은 배를 채우는 것이다.

미리 예약된 식당에 들어갔다. 회창 정식인 메뉴는 돼지 수육, 오이, 토마토 튀김, 물 배추김치, 삶은 계란, 고사리나물과 밥이었다. 오이와 토마토, 고사리나물은 말라 비틀어져 먹을 수 없었고 나머지도 맛있는 것이라곤 없었다.

　대사님을 비롯해 영도들의 테이블에 있는 반찬도 우리와 차이가 없었다. 그래도 일국의 대사인데 저렇게 초라하게 상을 차리다니 섭섭한 마음이 들었다.

여행

1. 개성

허리가 잘렸으니 그 고통이 오죽할까? 콘크리트 장벽

전날 밤 억세게 쏟아지던 비가 그치고 날씨는 그지없이 맑았다. 평양에서 판문점까지 180km. 가까운 거리는 아니다. 조선 국제려행사 소속의 평양74-1555호 관광버스는 8시 10분에 외국인 숙소를 출발해 조선 반도의 분단의 현장인 판문점을 향해 힘찬 발걸음을 내딛었다.

평양과 개성 간의 고속도로는 잘 정비되었고 도로는 차가 없어 한산했다. 1시간쯤 지나자 평양 개성 중간 지점인 휴게소에 들렀을 때 요기를 하고 싶었으나 마땅히 먹을 만한 것이 없어 사진만 찍었다.

휴게소에서 출발하자 기사는 계속 가속 페달을 밟았다. 차량이 노후한데 이렇게 가속으로 달려도 되는지 걱정스러웠는데, 우려가 현실이 되었다. 개성에서 멀지 않은 금천에서 덜커덩 소리와 함께 차가 더 이상 움직이지 않았다. 기사가 고치려고 애를 썼지만 허사였다. 교체 차가 오기까지 3시간을 기다려야 해 시간상 스케줄 변경이 불가피해 박연폭포 관광은 취소되었다. 박연폭포를 보면서 수업 시간에 배운 황진이의 시를 감상하고 싶었는데 물거품이 되어 서운해 하자 선생님은 미안해하면서 박연폭포에 얽힌 전설을 들려주었다.

옛날 개성에 박연에서 멀지 않은 곳에 박가 성을 가진 총각이 살고 있었다. 그는 피리를 아주 잘 불었으며 매일 박연에 가 피리를 불었다. 박연 안에서 살고 있는 용왕의 딸이 매일 그 피리소리를 즐겨 들었고 그때마다 처녀는 피리소리에 빠져들었다.

용왕의 딸은 총각과 마침내 만나 서로 사랑하게 되어 결혼을 약속한다. 그러나 용왕이 총각을 좋아하지 않아 그들의 혼사를 반대하자 총각은 사랑을 위하여 폭포에 뛰어 들었다. 그 후 두 사람은 못 안에서 행복하게 살았다. 총각의 어머니는 아들이 물에 빠져 죽은 줄로만 알고 슬퍼하다가 더 이상 참을 수 없어 아들을 따라 박연에 빠져 죽는다. 그 후 사람들은 총각의 어머니를 잊지 못해 박연폭포를 고모담(괴로움과 아픔의 옛말)이라고 불렀으며 지금까지도 개성 사람들은 박연폭포를 고모담이라고 부른다고 한다.

우여곡절 끝에 개성 시내로 진입했지만 보이는 전경은 가히 충격적이었다. 500년 동안 일국의 수도였다면 고궁과 전통 한옥, 아름드리 고목, 골동품을 파는 상가들이 있을 것이라고 생각했지만 하나도 보이질 않았다. 집들은 오래되고 낡아서 노쇠한 모습이고 빛바랜 6층 건물이 이 동네에서는 키다리 역할을 했다. 영화관도 있었지만 작은 데다가 빛이 바래 흉물스럽게 보였다. 그래도 수도였는데 이럴 수가 있을까 하는 실망감이 들었다.

노쇠한 건물과는 대조적으로 울긋불긋한 각종 구호는 건물과 조화를 이루지 못해 혼자서 절규하는 듯했다.

개성 시가지

마침내 숙소인 자남산 여관에 도착해 여장을 풀고 준비해 간 도시락으로 점심을 대신했다. 오후 일정은 콘크리트 장벽을 보는 것이다.

여관에서 콘크리트 장벽까지 거리는 멀지 않았지만 검문소에서 몇 번이나 검문을 받느라 예상 밖으로 시간이 많이 걸렸다.

하차를 하자 두 병사가 우리를 안내했다. 도착 전까지는 무장을 한 군인들이 살벌하게 경계를 하리라고 생각했지만 자그마한 지휘봉만 들고 있었다.

말로만 듣던 콘크리트 장벽이 과연 어떤 모습일까를 그리며 숨을 죽이고 주위를 보았으나 칡덩굴과 잡나무가 무성해 우리의 시야를 가려 잘 보이지 않았다. 안내원은 그곳에서는 보이지 않으니 오른쪽으로 3m 정도 우측으로 이동하라고 했다. 순간 넓고 평화스럽

판문점 북한 군인

게 보이는 목가적인 평원이 보였다. 아무리 보아도 총이나 대포, 탱크는 보이지 않았다. 무장한 군인들이 서로를 마주보며 으르렁거릴 것이라는 생각은 기우에 불과했다.

세계의 이목이 집중된 곳이라 좀 더 자세히 보기 위해서 몇 발자국 더 앞으로 갔다. 평원은 자그마한 구릉이 여러 개가 남북으로 뻗어 있어 마치 밭이랑과도 같았다. 우리가 호기심 어린 눈으로 보고 있을 때 안내를 맡은 병사가 계속해서 뭔가를 설명을 했지만 투박한 말투와 사투리 때문에 무슨 뜻인지 알 수가 없었지만 '미국이라는 나라를 이 지구상에서 영원히 지워 버리겠다'라는 말은 뚜렷이 들을 수 있었다.

개성에서 본 휴전선

숨을 죽이고 자세히 살펴보니 콘크리트 장벽이 남북을 가르며 보일 듯 말 듯한 그 모습을 드러냈으며, 그 모습은 마치 허리에 대수술을 한 환자의 흉터처럼 보였다. 저 상처 자국 때문에 북과 남이 분단되어 양쪽이 시달림을 받는다고 했다.

마침 망원경이 있어 더 자세히 관찰해 보았다. 장벽 바로 넘어서 한국 국기와 유엔기가 계양되어 있었다. 4km 밖에서 보일 정도이니 그 크기가 어느 정도인지 가늠할 수 있다. 망원경을 좌우로 돌리자 검회색 물체가 시야에 들어 왔다. 한국에서 북한으로 보내는 대북 확성기라고 했다. 그곳에서 얼마 떨어지지 않은 곳에 조선에서 한국으로 보내는 대남 확성기도 있었다.

귀를 세우고 들어 보아도 조선에서 한국으로 보내는 방송은 들리지 않고 한국 쪽에서는 아름다운 여성 아나운서의 목소리와 음악이 흘러나왔다. 역시 서울말은 평양 말에 비해 감미롭고 부드러웠다.

우리가 안내 초병에게 "여성 아나운서의 목소리도 좋고 음악도 감미롭다."고 하자, "여기는 우리 조국을 지키는 최전방 전선이므로 그런 것에 전혀 신경을 쓰지 않는다."라고 했다.

우문현답이다. 목소리와 음악이 마음에 들더라도 이 상황에서 어떻게 그의 속내를 말할 수 있겠는가. 그래도 우리의 질문에 그 정도로 반응해 주어서 감사했다.

대북 방송과 대남 방송의 현장을 보니 전쟁이란 단순이 총, 칼 등의 무기만 가지고 싸우는 것이 아니라 심리전도 펼쳐진다는 사실을 눈으로 확인할 수 있었다.

콘크리트 장벽을 보고 돌아올 때 마음이 편치 못했다. 남과 북이 서로가 적개심을 품고 맞서고 있지만 어느 한쪽을 두둔할 수 없는 입장이다.

그러나 방법은 있다. 독일, 베트남, 예멘 등은 통일을 이룩했다. 세계 210여 개국 중에서 유일한 분단국가가 한국과 조선이 아닌가! 두 나라는 외세의 침입을 수백 번 넘게 받으면서도 굳건히 이겨 내면서 함께 살아온

단일 민족이다.

나는 조금 전 망원경으로 콘크리트 장벽 근처에서 본 사슴 속에서 한국과 조선의 상황을 생각해 본다. 두 쪽은 녹피를 두고 서로가 자신이 옳다고 우기는 모습이다. 한쪽은 가로를 뜻하는 日이라고 하고 다른 한쪽은 날짜를 뜻하는 日이라고 우기면서 '자신의 체제가 맞다'고 주장한다. 나는 자본주의의 시장경제 체제냐, 공산·사회주의의 체제냐 하는 것이 중요하지 않다고 본다. 바로 이웃해 있는 우리나라를 보라. 우리나라는 공산·사회주의 체제이지만 개혁, 개방을 하였다. 자본주의 시장 경제를 도입하고 나날이 번성하여 지금은 G2에 오를 정도로 급속한 경제 성장을 이루면서도 체제는 그대로 유지되고 있다. 한국과 조선도 이를 교훈 삼아 적대감을 해소하고 통일의 그날이 오기를 기대한다.

분열의 비극을 안고 몸부림치는 땅을 찾아서

세상에 이런 신비한 곳이 있다. 조선의 유구한 력사와 현대사의 첨예한 정치·군사적 문제가 함께 자리 잡고 있는 도시, 그곳이 바로 개성이다. 나는 조선 문학사 시간에 개성은 고려의 수도로서 시조왕인 왕건 왕릉을 비롯해서 조선의 오랜 력사를 자랑하는 유적, 유물들이 많다는 것을 배웠다. 뿐만 아니라 개성에 정의와 평화를 사랑하는 세계의 량심이 깊은 우려와 관심 속에 주시하고 있는 력사의 땅, 판문점이 있다는 것도 알고 있었다.

5월 25일 개성으로 가는 버스에 몸을 실었다.

차창으로는 조선의 수려한 경치가 한눈에 안겨 왔다. 길가에는 아카시아 꽃들이 하얗게 피어 있었다. 사람들이 그 싱그러운 향기에 거나하게 취할지도 몰랐다. 길옆의 논에는 기계로 부지런히 모내기를 하는 사람들이 보였다. 조선인민의 위대한 령도자 김정일 동지의 부름을 높이 받들고 농장원들은 물론 로동자, 사무원들 모두가 모내기에 떨쳐나섰다고 한다.

이것은 위대한 령도자를 받들어 마음을 하나로 합치고 그 하나의 마음으로 힘차게 전진해 가고 있는 조선 사람들의 강한 정신을 남김없이 잘 보여 준다. 바로 이런 일심단결의 정신과 수려한 자연경치가 위대한 조선을 이루었다. 어느덧 차가 개성에 도착했다.

우리는 먼저 자남산에 올라서 비할 바 없이 경건한 마음으로 김일성 대원수님의 동상에 허리 굽혀 정중히 인사를 드렸다. 한 손을 허리에 짚고 남쪽 땅을 바라보시는 김일성 대원수님을 우러러 보노라니 통일된 조선의 모습이 보이는 것만 같았다.

조국 통일을 위해 평생 모든 것을 다 바치신 김일성 대원수님!

대원수님 대를 이으신 김정일 장군님께서 계시어 조선 사람들의 통일 소원은 반드시 이루어질 것이라고 우리는 생각하였다. 자남산 마루에서는 현대적인 건물들과 오랜 력사를 가진 옛 건축물들이 조화를 이루어 독특한 매력을 가지고 있는 개성시의 거리가 한눈에 바라보였다. 개성 사람들은 자남산 밑에 내려다보이는 거리도 통일의 념원을 담아 통일거리라고 부른다고 한다. 자남산을 나와서 우리들은 판문점으로 향하였다. 비무장지대를 통과하여 우리는 판문점에 당도했다. 판문점에는 정전담판이 진행되던 회의장과 정전협정 조인장이 있었다. 또 통일각과 판문각이 있었다.

1950년 6월 25일 조선에서 침략전쟁을 도발한 미 제국주의자들이 1953년 7월 27일 영웅적 조선 인민 앞에 무릎을 꿇고 정전협정에 도장을 찍은 곳이 바로 판문점이다.

콘크리트 장벽과 판문점을 참관하면서 아주 새로운 것을 한 가지 느끼게 되었다. 여기서 설명해 준 안내원이 예쁘장한 여자가 아니라 군모를 쓰고, 혁띠를 띠고 있는 군관인 것이다.

왜 이렇게 되었는가? 더 물어볼 것 없이 이것도 조선의 비극이다. 그것은 판문점이 총과 총이 마주서 있는 아주 특별한 곳이기 때문이다.

오후에 인민군초소에서 조선을 북과 남으로 갈라놓고 있는 콘크리트 장벽을 보았다. 장벽은 길이가 240km, 높이 5~8m, 웃넓이 3~7m, 밑넓이 10~11m나 되는데 남측 지역에 있었다. 이 콘크리트 장벽은 분렬된 조선의 상징으로 되고 있다. 백 번 말로 듣는 것보다 눈으로 한 번 직접 보는 것이 낫다고 우리는 망원경을 리용하여 삼천리금수강산의 허리를 끊어 놓은 장벽을 똑똑히 보았다. 바로 이 장벽 때문에 북남 인민들의 마음이 점점 더 멀어지고 있다.

출처 : 김형직사범대 외국인용 교과서

류경호텔보다 더 좋은 숙박소는?

호텔에서 여장을 풀고 개성이 자랑하는 민속려관으로 갔다. 수십 채가 넘어 보이는 이 여관은 보통 여관과는 달리 푸른 소나무와 대나무 숲으로 에워싸인 한옥촌이었다.

여관 중간을 흐르는 도랑은 마을을 동서로 양분해 양쪽을 연결해 주는 다리가 3개 있다. 이 다리는 마치 견우와 직녀가 만났다는 오작교를 떠오르게 했다. 집 중간 사이사이에 있는 감나무와 은행나무, 향나무는 7월의 햇살을 받아 더 푸르게 보이고 수국도 제철을 맞아 더 하얗게 보였다. 끊임없이 들려오는 물소리와 새소리를 음악 삼아 여관 구경에 나섰다.

감나무에 달린 감은 따먹어도 될 정도로 영글었고 담벼락의 담쟁이넝쿨은 한여름 더위를 식혀 주는 에어컨처럼 느껴졌다. 은행나무와 대나무, 한옥의 단아한 처마 선을 보면서 나는 한국 전통 가옥의 아름다움에 빠졌다.

역시 한옥은 자연 속에서 자연과 조화를 이루면서 자연 그대로인 어느

개성 민속려관

누구의 간섭이 없어야 더욱더 운치가 난다는 사실을 알게 되었고 조선의 옛 선비들이 왜 유유자적한 삶을 살았는지를 이곳 민속려관서 느낄 수 있었다.

세계 최초의 교육기관, 고려 성균관

다음 방문지는 민속려관 가까이에 있는 세계 최초의 고등 교육기관인 고려 성균관이다.

성균관 경내로 들어서자 수령이 수백 년도 넘어 보이는 아름드리 고목이 노익장을 과시하며 푸름을 뽐내고 있었다. 이 고목 중에서 명륜당 앞에 있는 은행나무는 수령이 무려 1,000년이 넘어 보호수로 지정되어 특별히 관리되고 있었다.

성균관은 고려 시기 992년에 관리 양성을 위해서 창설된 조선 최고의 교육기관으로 2013년도에는 세계문화유산으로 등록되었다고 한다.

건물은 강당인 명륜당, 강의실인 대성전, 동재, 서재, 동무, 서무, 존경각, 향실, 계성사 등 18동으로 이루어졌다. 유생들이 교육을 받는 장소도 달랐다. 상급생은 대성전에서 하급생은 명륜당에서 학습을 받았으며

고려 성균관 내 수령 1000년 된 느티나무

고려 성균관

상·하급생 사이에는 엄격한 규율이 있었다고 한다.

고려 성균관을 나와 고려 박물관으로 갔다. 거리는 가까워 채 10분도 걸리지 않았다. 전시실에는 중앙 유리관 속에 빨간 천으로 드리워져 특별히 관리되고 있는 유물이 있었다. 바로 세계 최초의 금속활자인 고려 금속활자였다.

안내자가 자랑스럽게 "이것은 세계 최초의 금속활자이며, 독일의 구텐베르크보다 70년 앞서 발명되었습네다."라고 하자 옆에 있던 선생님은 "우리 민족은 참으로 우수해. 불세출의 영웅이신 김일성 장군님이 그저 땅에서 솟아나신 분이 아니야. 다 그만한 이유가 있다"고 하면서 한 숟가락 걸치는 것을 잊지 않았다.

고려 금속활자 옆에 있는 천문 관측에 관한 기록도 눈길을 끌었다. "1375년에 태양에 흑점이 있었다. 기유일에도 이와 같았다. 7월 초하루 기미일에는 일식이 있었다"라는 기록을 보니 800여 년 전에도 이미 기상 관측을 했다는 사실을 알 수 있었다.

전시실 사이사이에 비치된 고려청자는 밝은 비색에 은은하면서 고요한 아름다움을 느끼게 했다.

의복 코너에 있는 옷을 보고는 다시 한 번 놀랐다. 1000여 년 전의 복장임에도 오늘날의 한복과 별반 차이가 없었다. 평민 여성들이 입었던 옷 상의는 동전 깃에 옷고름이 달린 저고리이고, 하의는 치마로 오늘날 조선인이 한복과 똑같았다. 양반들이 입던 두루마기도 길이가 조금 길 뿐 거의 같았고 귀부인들이 입었던 치마저고리 역시 변한 것이 없었다.

벽면 곳곳에 걸려 있는 여러 종류의 변상도로 보아 고려인은 불교를 믿었음을 알 수 있었다.

고려 박물관

이웃사촌이 이래서야, 낙타교

아래 글은 낙타교의 표지석에 쓰인 내용이다.

위치 : 개성시 보성동, 길이 : 30m, 너비 : 6m, 높이 : 1.7m, 건립시기 : 고려 초기.

낙타교는 현재 개성시 관훈동과 보선동 사이로 오천이라고 부르던 작은 강에 놓았던 돌다리이다. 원래 만부교라고 불렀는데 942년 10월 거란이 사신 30명과 낙타 50마리를 보내 왔을 때 고려는 발해를 멸망시킨 거란과 친선 관계를 맺을 수 없다고 하면서 사신들을 섬에 귀양 보냈다.

비석에 새겨진 글을 읽어 보니 노국은 내가 지금 살고 있는 흑룡강성 일대이다. 나의 조상이 나쁜 의도를 갖고 이 나라를 정탐하러 왔다니 후손

개성 낙타교 주추석

으로서 죄송스러운 생각이 들었다.

괜찮아요! 선생님

휴전 협정장을 나와 판문점으로 갈 때 전면에 조선 인공기와 한국 태극기가 휘날리고 있었다.

두 국기를 보자 선생님은 "너희들 보다시피 인공기가 태극기보다 더 높게 계양되었지? 그 이유는 조선이 조선반도를 대표하기 때문이야!"라고 했다. 내가 보기에는 오히려 한국 태극기가 더 높아 보이는데도 그렇게 말씀하는 것을 보니 가재는 게 편이라는 생각이 들었다.

북한에서 바라본 판문점

이윽고 파란색 건물 3개 동이 보였다. 이 건물이 바로 세계인들의 스포트라이트를 받는 판문점 회담장이라니! 설레는 가슴을 안고 회담장 안으로 들어갔다. 응당 벽 중앙에 걸려 있어야 할 김일성 부자의 사진이 없어 잠시나마 어리둥절했다. 5개월간의 조선 생활이 알게 모르게 나의 의식을 변화시켰던 것이다. 한국 쪽 벽에는 6.25전쟁 때 한국을 도와준 16개국의 국기 마크가 부착되어 있어 눈길을 끌었다.

회담장 내에서는 한국령이든 조선령이든 자유롭게 이동할 수 있어, 우리는 한국령으로 들어갔다. 맨 앞서 가던 선생님이 한국령에 이르자 발걸음을 멈추고 엉거주춤 멈춰 섰다. 뒤따르던 동숙생이 "선생님, 괜찮아요."라고 하자 조심스럽게 나아갔다. 5,000년을 함께해 온 같은 민족인데 어째서 저 지경에 이르렀는지 참으로 슬픈 장면이다.

휴전회담 담판장

회담장 내를 한 바퀴 돈 후 의자에 앉자 안내자가 휴전 회담의 시작과 그동안의 경과에 관해서 설명을 했지만 귀에 들어오지 않았고 한국 측 문쪽으로 신경이 쓰였다. 만약 이 순간에 저 문을 열고 한국 측 관계자나 관광객이 들어와 조우하게 된다면 양측은 어떤 반응을 보일까? 반갑게 인사할까? 아니면 적대감을 보일까?

남과 북을 가르는 38선을 보기 위해 회담장 밖으로 나왔다. 파란 건물 중간에 채 10센티미터도 안 되는 시멘트 블록이 있었다. 이 블록이 한국과 조선을 가르는 통한의 경계선이다. 이 금단의 선을 넘다가는 위험에 처할 수 있다.

대학 1학년 때 한국 영화 〈공동경비구역〉을 본 적이 있다. 판문점을 관광하던 어느 서양 여인이 바람이 부는 바람에 쓰고 있던 모자가 조선 구역 영내로 날아가자 이 선을 넘을 수 없어 발만 동동 구르다가 떠나는 장면이 떠올랐다.

나 역시 혹시나 모자가 날아갈까 봐 꽉 잡은 채 남과 북이 통일이 되었으면 하는 소망을 갖고서 아무도 없는 사이에 발로 블록을 몇 번이나 걸어찼다.

이 금단의 선 건너편 남측 3층 건물에서 여러 대의 감시 카메라가 경계의 끈을 놓지 않고 작동 중이었고 북한 쪽 군인들은 눈에 쌍심지를 켠 채 남쪽을 감시하고 있었다.

수천 년을 함께 살아온 한 겨레인 이 나라가 두 동강이 난 것도 억울할 텐데 서로가 반목질시하면서 으르렁거리는 모습을 보니 안타까울 따름이다.

블록을 넘어서 한 발자국도 뗄 수 없는 상황에서 눈요기라도 실컷 하고 싶어 고개를 이리저리 돌렸다. 그중에서 눈에 띄는 것이 팔각형의 전통 정자의 모습인 '자유의 집'이었다. '자유의 집'이라는 글자를 보고는 나의 눈을 의심했다. 왜 저런 이름을 붙였을까? 암만 생각해도 이해를 할 수 없었다.

조선은 자유가 없으니 자유의 집으로 넘어 오라는 뜻인지, 아니면 아무런 의미 없이 붙인 명칭인지를 알 수 없지만 추측컨대 판문점의 위치를 볼 때 후자는 아닐 것이다. 그러면 자유가 보장된 한국으로 넘어오라는 뜻을 담은 표현일 것이다.

그런데 이렇게 살벌한 대치 상황에서 누가 감히 그 집으로 넘어 갈 수 있을까! 탈출을 유도하기 위해서라면 그건 바로 '죽어라' 하는 말과 별반 다름이 없을 것이다. 자국민이 영토를 벗어나 적국으로 탈출하는데 어느 나라 군인이 과연 이를 보고 그대로 둘 수 있겠는가!

내가 보기에는 '자유의 집'은 빛 좋은 개살구처럼 보였다.

2. 백두산

민족의 성산에 칭송비라니! 장군봉

　한여름의 찌는 듯한 더위는 대지를 삼킬 듯했지만 조선 민족의 상징인 백두산과 천지연을 본다는 기대감으로 무덥게 느껴지지 않았다. 고려 항공 소속의 50인승 소형 비행기는 8시 30분에 평양의 순안공항을 이륙했다. 창문 밖으로 보이는 것은 오로지 첩첩산중뿐이었다. 순안공항을 출발한 지 45분 만에 삼지연 공항에 도착했다.

삼지연공항

　이곳에서 우리를 제일 먼저 반긴 이는 김일성 부자였다. 공항 청사 상단에 붙어 있는 초상화였지만 웃는 모습에 정겨움을 느꼈다.

오늘 일정 중에서 제일 먼저 가야 할 곳은 16개의 백두산 영봉 중에서 가장 높은 봉우리인 장군봉과 천지연이다.

백두산 장군봉 표지석

장군봉으로 가는 길 양쪽은 이깔나무 숲이 끝없이 이어져 정취를 더했다. 경사진 도로를 오르자 산등성이에 '혁명의 성산 백두산, 김정일'이라는 대형 글자가 온 산을 뒤덮고 있었다. 바로 향도봉이다. 향도는 군사 용어로 군부대가 행군을 할 때 선두에서서 부대를 이끄는 병사를 지칭하는 말인데 백두산의 여러 봉우리 중에서 이 봉우리가 제일 앞에 있어서 붙여진 이름이라고 한다. 오른쪽에 있는 향도봉을 보면서 거친 숨을 몰아쉬며 모퉁이를 돌자 장군봉임을 알리는 표지석이 있었다.

장군봉은 백두산 16개의 봉우리 중에서 가장 높은 봉으로 원래 명칭은 백두봉이었지만, 일제 강점기에는 대정봉으로 부르다가 일제가 패망한 후에는 백두산을 중심으로 항일 빨치산으로 활약했던 김일성의 업적을 기려 '장군봉'으로 명명했다고 한다.

그래서인지 장군봉 정상 서쪽에는 '이 나라 혁명이 뿌리 깊게 내리고'로 시작되는 김일성의 치적을 알리는 장문의 비가 있다.

장군봉을 카메라에 담으려고 이리저리 움직일 때 산자락 사이에 너무나 맑고 푸른 호수가 보였다. 바로 천지였다. 백두산 여러 영봉의 엄호를

장군봉에서 내려다본 천지연

백두산 장군봉에 이르는 길목

천지연으로 내려가는 케이블카

받으며 영겁의 세월 동안 빚고 빚어서 그런지 푸름이 농축되어 쪽빛처럼 보였다.

장군봉 등 12개 봉우리에 둘러싸인 천지는 마치 어머니의 자궁처럼 보였고 맑디맑은 물은 양수와 같아 신비감을 더했다.

천지연을 가까이서 보기 위해 케이블카를 탔다. 장군봉에서 천지연까지는 1.3km에 지나지 않지만 경사도가 너무 급해 내려 갈 때 곤두박질칠까 봐 공포심을 느꼈다.

이윽고 내 앞에 나타난 천지연은 장군봉에서 보았던 모습과는 많이 달랐다. 사방이 겹겹이 영봉에 에워싸인 호수는 우리나라 신장 자치구 우루무치의 천산 천지와 너무나 비슷했다.

나는 안내자에게 천산 천지에는 서왕모의 전설이 있다고 했다. 그는 나에게 그 전설이 무엇인지 물었다.

"서왕모는 곤륜산에 사는 여신으로 일곱 명의 선녀들과 천산 천지로 내려와 목욕을 했고, 3천 년에 한 번 열리는 반도라는 복숭아를 가지고 있어 그것을 먹으면 불로장생해 신선이 된다고 해 반도를 찾기 위해 수많은 관광객이 찾아 간다."고 하면서 천산 천지에 전설이 있듯 천지연에도 전설이 있는지 가이드에게 물었다. 그는 "위대한 김일성 장군님께서는 백두산을 중심으로 항일운동을 하셨기 때문에 곳곳에 백두산 전설이 있다."고 했다.

나의 질문 의도는 항일 전투에 관한 것이 아니라 서왕모의 전설처럼 신비스러운 전설이 있는지 여부였는데 대답은 나의 의도와는 달랐다.

백두산 천지연은 분명히 천산 천지보다 더 좋은 조건을 갖추고 있다. 천지연 서쪽에 있는 쌍무지개 봉은 다른 봉우리에 가려 보일 듯 말듯 해 선

천지연

녀들이 쌍무지개를 타고 내려와 목욕하기에 더 없이 좋은 곳으로 보여 선녀의 전설은 만드는 데는 별 어려움 없을 것 같아 보이는데도 전설이 없다고 했다.

천지의 아름다운 모습을 카메라에 담고 있을 때 갑자기 바람이 불었다. 잔잔하던 천지연에 물결이 일면서 무언가가 나타날 것 같아 가이드에게 이곳에 괴물이 사는지 물었다.

산천어를 빼고는 다른 생물체는 없다고 하면서 다만 바람이 세게 불 때는 상당한 높이의 물기둥이 생기고 그 물기둥이 이동할 때 흡사 용이 움직이는 듯해 옛날에는 천지연을 용담이라고 불렀지만 실제는 없다고 했다.

나는 그에게 우리나라에서 널리 퍼져 있는 천지연의 괴물에 관한 목격담을 말했다.

청나라 시대 말에 한 사냥꾼이 장바이산(백두산)에서 곰 사냥을 하다가 천지에서 괴물을 보았는데 그 괴물은 뿔이 달린 황소 머리에 몸통은 뱀과 같았으며 이 괴물이 수면 위로 드러내 소리를 낼 때 그 괴성이 하늘을 무너뜨릴 정도로 커서 목격자는 공포에 질려 한 발자국도 떼지 못했다는 목격담을 말하자 설마 그랬을까 하는 눈초리로 의아하게 여겼다. 이어서 1994년에도 비슷한 괴물이 나타났으며 그때 한 대학생이 사진을 찍었고 그 사진이 신문에 게재되었다고 하자 호기심을 가졌다.

사람들은 무엇인가에 호기심이 있거나 신비감을 느낄 때는 알고 싶어 하는 속성이 있다. 이런 이유 때문에 우리나라의 관광 회사는 장바이산 관광 상품을 만들었고 스코틀랜드 역시 네스호에 괴물이 산다고 하면서 수백만 명의 관광객을 끌어들여 짭짤한 수입을 올리고 있지 않는가.

중국에서 내려다본 천지연

나를 포함해 중국 동북부에 사는 사람들 중에는 천지에 괴물이 산다고 믿는 사람들이 많다. 괴물의 존재 여부는 알 수 없으나 평균 깊이가 200m 가 넘는 깊은 호수에 괴물이 살 수 있을 것 같은 느낌을 가진 사람들이 조 선에도 있을 것이다. 네시호의 괴물을 보기 위해서 관광객들이 몰려가듯

이곳 천지연에도 관광객들이 몰려와 조선 경제에 일조가 되면 얼마나 좋을까!

천지연을 떠나기 천지수로 목을 축이자 정신이 맑아졌다. 역시 천지수는 속세의 인간쓰레기들이 마시는 물과는 질적으로 달랐다.

삼지연

13일 아침 일찍 베개봉 호텔을 출발해 삼지연으로 향했다. 도로 양쪽에는 이깔나무가 무더위에도 아랑곳하지 않고 그 기세를 떨치고 있었다. 이 이깔나무 가로수 길을 지나 빼곡히 들어선 산림지대를 통과하자 태고의 신비를 머금은 삼지연이 모습을 드러냈다.

이 삼지연은 100만 년 전에 백두산 화산이 폭발했을 때 흘러내린 용암이 흐르던 강을 막아 만들어진 3개의 호수이다.

이 호수는 심산 깊숙이 위치해 알려지지 않았는데 김일성의 항일 부대가 무산 지역으로 가기 위해 이곳에서 야영을 했다. 그때 김정숙이 삼지연에서 떠온 생수를 김일성에게 주자 "삼지연은 경치도 좋고 물맛도 좋습니다. 앞으로 혁명이 승리하면 여기에 인민의 문화휴양지를 꾸리자."고 했다고 한다.

삼지연 가장자리에는 휴식을 취하는 항일 대원들의 모습을 생동감 있게 형상화한 5개의 군상이 있는데 그중에는 여성 대원도 있었다. 여성이 전사가 되어 이 깊은 산속까지 와서 일본군에 맞서서 싸웠다니 조선의 현대사는 참으로 비극적이다.

천지연 다리에서 몇 장의 사진을 찍은 후 비탈길을 오르자 광장이 나타

백두산 삼지연에 있는 항일투사 군상

났다. 이 광장이 말로만 듣던 조선의 국보급 유적지인 삼지연 대기념비 광장이었다. 울창한 수림으로 에워싸인 광장에는 김일성의 동상과 여러 군상이 있었다.

이 동상은 김일성의 젊은 시절의 모습을 형상화한 것으로 높이가 무려 15미터이며 조선에서 만수대 동상 다음으로 높은 동상이라고 한다.

동상의 좌측에 50m 높이의 봉화탑이 있고 그 우측에는 진군의 나팔수를 비롯해 수많은 군상들도 있다. 이 중에서 우리의 눈을 사로잡는 조각상은 진군의 나팔수였다.

이 조각상은 1939년 5월 23일 김일성 부대가 대홍단 전투지로 진격하는 것을 형상화한 작품으로 공격 명령을 받은 대원들이 나팔수가 나팔을 불자 진격하는 모습을 역동적으로 묘사를 하고 있다. 이 군상도 높이가 자그마치 15m이고 길이가 31m로 거대하고 웅장했다.

이외에도 여러 군상이 있는데 그중에는 여성대원들이 진달래꽃을 안고 눈물을 흘리고 있는 군상도 있다.

조선 화폐 2,000원짜리 뒷면의 배경은? 고향집과 정일봉

이명수 폭포를 본 후 정일봉과 김정일의 고향집이 있는 양강도 삼지연군 백두산 기슭 소백수골로 향했다. 소백수골은 일제 강점기시 조선인민혁명군 주력부대의 항일 활동의 중심지였지만 골이 깊어 1945년 8월 15일까지도 일본 토벌대에 노출되지 않았다고 한다.

백두산 정일봉 아래에 있는 김정일의 고향집

산림 속의 산길을 굽이굽이 돌아 소백수골에 자리한 김정일의 고향집에 도착했다. 이 집은 통나무의 귀를 맞추어 만든 귀틀집으로 김정일이 태어난 곳이고 조선 화폐 2,000원짜리 뒷면의 배경이라고 한다.

김정일이 태어난 방 안에는 통나무 침대와 총, 지도, 망원경, 필기도구 등이 있었고 벽에는 김일성 부부와 김정일의 어린 시절 사진이 걸려 있었다.

김정일의 고향집 뒤에도 귀틀집이 있었다. 이 집은 항일 대원들이 사용했던 집으로 벽에는 "모두 다 공부하자. 지식은 황금보다 유력하다. 모두

백두산 정일봉

다 조선 혁명의 심장부를 목숨으로 사수하자!"라는 글귀가 시선을 끌었고 김일성은 여기서 대원들과 작전을 세웠다고 한다. 두 집의 내부는 촬영이 금지되어 카메라에 담을 수 없어 몹시 아쉬웠다.

고향집 뒤에는 정일봉이 우뚝 솟아 있다. 정일봉의 본래 이름은 장수봉 인데 김정일 탄생 45주년을 맞아 김일성이 아들 김정일을 위해 정일봉이 라고 명명했다고 한다.

고향 집 바로 앞에는 김일성이 아들 김정일의 탄생을 축하하는 광명성 찬가 시비도 있었다.

정일봉과 고향집 사이 숲속에 세워진 통나무 기둥에는 '조선 동포들이 여, 독립의 날 나라와 민족 앞에 부끄럽지 않게 살라.'고 적혀 있었다.

이 글은 항일 대원들이 투쟁 중에 일본군의 무자비한 토벌과 회유와 협 박으로 투쟁의 열기가 식으면서 투항자가 계속 늘어나자 이를 안타깝게 여긴 김일성의 부인 김정숙이 썼다고 한다.

항일 활동의 중심이었던 이 지역을 조선 정부는 혁명의 성지로 지정했으며, 매년 20만 명 이상의 관광객과 답사자가 방문하며, 2월 16일 김정일의 생일날인 광명성절에는 수많은 사람들이 눈을 헤치고 와 백두의 혁명 정신을 배워 간다고 한다.

이명수 폭포

거대한 현무암 바위 틈바구니 곳곳에서 쏟아져 나오는 물줄기가 바로 이명수 폭포다. 삼지연 가까이에 있는 이명수 폭포는 백두산 천지연 얼음이 녹아 지하로 스며들어 수십 km 거리에 있는 이곳에서 밖으로 나와 폭포를 만든다고 한다.

이 폭포는 높이가 6m이고 너비는 4m로 폭포 주변은 폭포가 품어 내는 소리 때문에 어떤 소리도 들리지 않을 정도였다. 쏟아지는 폭포는 강을 이루었고 강물은 또 다시 또 하나의 폭포를 만들면서 폭포 부근은 한 폭의 동양화처럼 보였다.

7월 말의 찌는 더위도 폭포 앞에서는 맥을 추지 못해 한기를 느낄 지경이라 많은 사람들이 피서를 즐기면서 망중한을 보내고 있었다. 그중에는 한 서양인은 넋이 나간 사람처럼 폭포에 취해 있는 모습이 이채롭게 보였다.

3. 금강산 여행

명사십리에 남긴 발자국

평양도 어느덧 가을의 문턱에 들어서자, 모란봉과 대동강 주변의 가로수는 단풍으로 물들어 한층 더 아름다웠다. 단풍만 보아도 가슴이 설레던 차에 교수님은 가을의 금강산 풍경은 천하에서 제일이라 했다. 귀국일도 얼마 남지 않아 아쉬움이 많았는데 교수님의 말을 듣고는 금강산을 보지 않고 떠날 수가 없었다.

10월 4일 아침 일찍 외국인 숙소를 출발해 첫 기착지인 원산으로 향했

신평 휴게소

다. 대부분의 조선 고속도로가 그렇듯 평양 원산 간 고속도로도 한산해 우리가 탄 관광버스는 고삐 풀린 망아지처럼 거침없이 질주했다. 평양을 출발한지 3시간 쯤 후 점심 식사를 하기 위해 신평 휴게소에 들렀다.

호수와 산으로 둘러싸이고 능수버들이 늘어진 휴게소는 무척 아름답고 넓었지만 사람들은 거의 보이지 않았다.

아름다운 풍경을 감상하면서 준비해 간 도시락을 열어 보니 내용물은 김밥, 삶은 달걀, 생오이, 튀김이 전부였다. 평소 같으면 도시락이 부실하다고 불평을 늘어놓겠지만, 어째서인지 꿀맛이었다. 시장이 반찬이라는 말이 이를 두고 한 말일 것이다.

점심 식사를 마친 후 휴게소를 출발한 지 1시간 반쯤 지날 무렵에 원산에 도착했다.

원산은 조선의 제2의 도시답게 고층 건물도 많고 시내도 잘 정비되었으며 항구도시답게 부두에는 많은 배가 정박 중이었고 그중에는 군함도 있었다.

원산항

해변 가까이에 이르자 푸른 소나무 숲과 넓은 은빛 모래사장, 나무 숲 사이사이에 숨어 있는 하얀색 건물들이 조화를 이루어 시내가 더 아름답게 보였다.

이 멋진 풍경을 보기에 앞서 우리가 먼저 해야 할 일은 역시 김일성 동상 참배였다. 의례적인 의식을 마치고 한 시간가량 해변을 산책한 후에 호텔로 돌아와 저녁 식사를 위해 식당으로 갔다. 식사는 뷔페식이었다. 기름기가 흐르는 쌀밥, 바닷가에 갓 잡아 올린 싱싱한 생선과 해물은 입에 살살 녹아 나의 입맛에 맞지 않은 것이 하나도 없어 몇 접시를 비우자 종업원의 눈치가 보였다.

원산호텔 부페

원산호텔 식당

이튿날 아침 호텔에서 나와 명사십리 해수욕장으로 갔다. 해안선을 따라 길게 뻗어 있는 해수욕장은 그 길이가 자그마치 10km라고 한다. 난생 처음으로 보는 해수욕장이라 모래사장 위를 걷지 않을 수 없었다. 백사장을 걸을 때 은빛 모래가 너무나도 깨끗해 모래가 더럽힐까 봐 맨발로 걸었다.

끊임없이 들려오는 파도 소리는 우리를 환영하는 소리인지 아니면 지

쳐서 내는 소리인지 알 수 없다. 파도 소리에 뒤질세라 공중에서는 갈매기들도 '끼익 끼익' 소리를 내면서 한 곡조 하지만 역시 모르긴 마찬가지다.

나는 무언가를 남기고 싶어 명사 위에 발자국을 남겨 보지만 자연은 이를 허락하지 않는다. 채 몇 발자국도 걷기 전에 파도가 다가와 그 흔적을 지워 자연의 놀이에 인간은 끼워 주지 않았다.

원산 명사십리 해수욕장

한국산 제품에 테이프를 붙이는 이유는?

명사십리를 출발한 지 2시간이 지날 무렵인 저녁 6시경에 외금강 호텔에 도착해 여장을 풀었다. 외금강 호텔은 외관부터 재질에 이르기까지 고급스럽고 품격이 있어 보였다. 체크인을 하고 엘리베이터를 타고 9층 버튼을 누르자 "9층입니다. 올라갑니다"라는 상냥하고 부드러운 한국말을 듣는 순간 나도 모르게 '아!' 하는 탄성이 목까지 올라왔지만 'HYUNDAE'라는 한국회사 글자를 보았기 때문에 소리를 입 밖에 낼 수 없었다.

객실은 아늑하고 가구도 호화스러웠으며 침대도 폭신해 마치 다른 세상에 온 느낌이 들었다. 화장실은 비데가 있었지만 지금까지 본 적도 없고 사용한 적도 없어 사용법을 몰라 옆에 있는 버튼을 이것저것 눌러 보았다. 그때 갑자기 변기에서 나온 노즐이 나의 엉덩이에 사정없이 물을 쏟아냈다.

금강산호텔

TV를 보고 있을 때 오른쪽 하단에 검은색 테이프가 붙어 있어 호기심이 많은 춘애가 밑에 무엇이 있는지 궁금해 테이프를 뜯어보았다. 놀랍게도 LG라는 글자가 있었다. LG는 세계적인 굴지의 한국 전자 제품 회사가 아닌가! 같은 동족의 회사가 세계적인 기업으로 성장했으니 자랑스럽게 여겨야 할 텐데 그러기는커녕 감추고 있었다. 방 안에 있는 물품까지도 한국산이라고 해서 숨기는 이유가 뭘까!

영웅은 자연을 훼손해도 되는가?

오늘의 산행 코스는 옥류동과 구룡폭포이며 4~5시간이 소요된다고 한다. 온정각을 출발한 지 얼마 지나지 않아 태고적 신비를 머금은 금강의 세계에 들어갔다.

금강산 옥류동

먼저 우리를 맞이한 곳은 옥류동 계곡이다. 계곡의 물소리를 들으면서 점차 더 들어가자 연주담에 이르렀다. 연주담은 폭포가 만든 2개의 소(沼)가 구슬과 같은 모습이라 붙여진 이름이라고 한다.

금강산 구룡폭포

　연주담을 지나 구룡폭포에 이르자 거세게 떨어지는 물줄기는 깊은 소 (沼)를 만들어 그 깊이가 자그마치 13m 정도고, 예부터 9마리의 용이 살고 있다고 해서 구룡폭포라고 한다. 검푸른 소를 보고 있자니 똬리를 튼 용이 떨어지는 은빛 물방울 사이로 금방이라도 승천할 것 같았다.

　구룡연 다음은 선녀가 내려와 목욕을 했다는 상팔담이다. 이 코스는 지금까지 올라온 것과는 달리 경사가 급했다.

　철제 계단과 지지대를 잡고 겨우 오르자 푸른 욕조 모양의 담이 8개나 충충이 있었다. 이런 천혜의 아름다운 욕조를 보고서 어찌 선녀들이 목욕을 하지 않겠는가?

일정상 더 오를 수 없어 아쉽긴 하지만 상팔담에서 구룡폭포와 옥류동 계곡을 내려 보는 것만으로도 금강산 계곡이 천하제일임을 알 수 있다.

그러나 하산 길에 뒷맛이 개운치 않았다. 곳곳에 있는 큰 바위 위에는 김일성의 아버지 김형직을 기리는 '푸른 소나무 영원히 솟아 있으리'를 필두로 김일성이 직접 쓴 아들 김정일에 대한 찬가, 김일성의 60세를 맞아 만수무강을 칭송하는 축원시, 부인 김정숙과 아들 김정일에 이르기까지 온통 가족을 찬양하는 글이 내가 본 것만도 5개가 넘었다.

금강산과 같은 아름다운 산은 인류의 위대한 자연 유산이다. 우리는 그 자연을 한시적으로 이용하는 찰나적인 존재에 불과할 뿐이며 그 누구도 소유할 수 없다.

우리나라의 모택동 주석은 중국 천하를 통일해 전후후무한 업적을 쌓아 국부로 추앙받고 있지만 자연을 파괴하면서까지 그의 공을 칭송하지 않았고, 장개석의 국민당 군대도 모 주석에게 대륙의 지배권을 쉽게 넘겨주지 않을 수도 있었지만 문화유산을 보호하기 위해 순순히 포기하고 대만으로 패주해 유산을 지켰다.

스승과 함께 춤을

금강산 호텔 구내식당에서 식사를 만친 후 각자의 방으로 돌아가야 하지만 아쉬움이 남아 담당 선생님께 "선생님, 낮에 우리에게 등반 시간을 충분히 주지 못해 아름다운 절경을 앞에 두고서도 다 보지 못한 채 하산을 해 너무 아쉬움이 많습니다. 이대로 방으로 가려니 발걸음이 떨어지지 않습니다!"라고 했다.

그러자 선생님은 "금강산의 비경을 다 보려면 며칠을 보아도 다 볼 수 없다 첫술에 배부를 수 없듯이 다음에 올 기회가 있을 것이다."라고 말씀하시며 우리를 진정시켰으나 우리는 그럴 수 없다고 했다. 선생님은 "좋아, 밤에 등정은 안 되니 원하는 것이 무엇이냐"고 물었다. 우리가 일제히 "한잔하고 싶어요!"라고 하자 선생님은 "좋아, 그렇게 해."라며 승낙을 했다.

우리는 바로 K-TV(노래방)로 갔다. 노래방 안으로 들어서는 순간 우리를 맞이한 도우미를 보고서 깜짝 놀랐다. 그들은 모두가 너무나 예뻐 상팔담에서 목욕을 마친 선녀들이 이 노래방에 온 것으로 착각할 정도였다.

금강산호텔 내 노래방

흥겨운 음악과 술에 취해 분위기가 고조되자 선생님이 벌떡 일어나 무대 앞으로 나가 〈녀성은 꽃이라네〉, 〈도시 처녀〉를 열창하면서 신나게 춤을 추었다. 이를 지켜보던 동숙생도 뒤질세라 함께 노래하며 사교춤을 추었다.

지금껏 조선은 통제가 심해 자본주의적 느낌을 주는 사교춤을 추리라고는 생각지도 못했는데 사제가 서로 안은 채 춤추는 모습까지 볼 수 있어 또 하나의 추억을 남겼다.

송도원 국제 야영장

금강산 관광을 마치고 호텔을 출발한 지 2시간이 지날 즈음 차가 원산 시내로 들어가자 선생님은 송도원 야영장에 관한 개요를 말씀하셨다. "이 야영장은 학생들도 인민군 군인들처럼 규율 생활을 교육시키는 것이 좋겠다는 김일성 장군님의 지시에 따라 1960년에 공사를 시작했으며, 당시 수용 인원은 250명이었지만 몇 번의 증·개축을 거쳐 현재 수용 능력은 1,250명이다."라고 했다.

송도 야영장에서 훈련 중인 학생들

조선에 있으면서 내가 느낀 점은 미관상으로 별로 좋지 못한 것은 보여 주기를 싫어한다는 점이다. 그렇기 때문에 출입금지 구역이 많고 사진 촬영 금지 구역도 한두 곳이 아니다. 그러나 그들이 보여 주고 싶어 하는 것들도 있는데 그것은 대개의 경우 어느 누가 보더라도 '아! 괜찮다.'라는 말이 나올 만한 것들이란 것을 경험으로 알고 있다. 정문을 들어서는 순간 역시 내 예측을 벗어나지 않았다. 넓은 대지와 새파란 잔디, 주렁주렁 열린 수십 그루의 감나무, 아름드리 소나무와 정원수가 물놀이장, 축구장, 농구장, 배구장 등의 체육 시설과 조화롭게 배치되어 더욱 아름답게 보였고, 본부 건물 상단에 있는 '세상에 부럼 없어라!'라는 글귀는 건물 절반 크기만큼이나 크게 보였다.

　멀리서 우렁찬 합창 소리가 점점 가까이 다가왔다. 한 무리의 군인들의 합창 소리였다. 군인치고는 목소리가 너무 앳되게 들려, 가까이 왔을 때 보니 군인이 아니라 인민군 군복을 입은 어린 학생들이었다. 그중에는 옷과 모자가 몸집에 비해 너무 커 몸에 맞지 않았다. 이어서 또 한 무리의 여학생들이 목청껏 합창을 하며 지나갔다. 연약하고 앳되어 보여도 훈련에

송도 야영장에서 훈련 중인 학생들

임하는 그들의 열의는 대단했다.

　실내에는 영화관과 공연장을 비롯해 각종 최신식 전자 기구들이 갖추어져 있었고, 몇몇의 어린이들은 게임을 하거나 실내 자전거를 타면서 재미있는 시간을 보내고 있었다.

김미화 편

김미화 교수는 흑룡강성 하얼빈에 있는 원동대학 교수로 재임 중이며 그의 원적은 전라남도 전주이다.

1905년 일본 제국주의자들은 강압적으로 을사늑약을 체결한 후 외교권을 박탈하고 인권을 탄압하는 등 온갖 악행을 저지른다. 당시 전주에서 큰 양조장을 운영하던 그녀의 할아버지는 일제에 의해 강제적으로 양조 제조권을 박탈당하자 살길이 막막해 식솔을 이끌고 미지의 땅 북간도로 이주한다. 그의 조부가 둥지를 튼 곳은 남한에서 이주해 온 이주민이 많이 모여 사는 나북현의 하동촌이었다.

그녀의 조부모는 슬하에 3남을 두었고 그중에 영화의 아버지는 장남이었다.

조선에서 이주한 이주민들의 자녀들은 대개가 같은 향에 사는 이웃 사람들과 혼인을 했다. 영화의 아버지 역시 같은 향에 살고 있는 평안도 평성 출신의 규수와 결혼 후 슬하에 미화와 미주를 두었다.

첫째인 미화는 하얼빈의 명문 흑룡강대를 졸업한 후 평양의 김일성대학에서 박사 학위를 취득한 후 대학에서 교수로 재임 중이며, 둘째는 한국으로 이주해 국적을 회복하고 서울에 거주한다.

아래 이야기는 김 교수가 평양에서 3년간의 유학 중에 조선족의 시각에서 본 평양과 북한의 모습이다.

사랑하는 가족을 하얼빈에 남기고

꿈에도 그리던 국비 유학생으로 선정되어 기뻤지만 가슴 한편으로 어미의 보살핌이 어느 때보다도 더 필요한 12살 딸 나영이를 두고 떠나야 해 마음이 착잡하기도 했다. "나영이 걱정은 하지 마. 나도 있고 장모님도 계시는데 무슨 문제가 있겠어, 빨리 학위를 따려고 욕심 부리면 건강을 해칠 수 있으니 서둘지 마"라는 남편의 말을 떠올리며 나는 북경의 수우드 공항에서 평양행 고려 항공기에 탑승했다.

150여 명을 태운 고려 항공의 여객기가 평양으로 기수를 돌리자 지나간 과거가 주마등처럼 스쳐갔다.

조국이 일제에 침탈당하자, 생활고에 시달린 조부께서는 온 가족을 데리고 조상 대대로 살아온 정든 고향 전주를 떠났다. 아는 사람도 반겨 줄 사람도 없는 북간도 중에서도 최북단인 러시아와 국경을 맞대고 있는 나북에 둥지를 튼 지 80년의 세월이 지났다.

1945년 8월 15일 그토록 갈망하던 해방이 되자 할아버지는 식솔을 거느리고 귀국을 위해 나북에서 하얼빈으로 와 많은 인파 속에서도 다행스럽게 경성행 열차를 탈 수 있었다. 그러나 기차가 단동역에 도착했을 때 상황이 여의치 못했다.

일본군이 패망하고 물러간 후 소련의 홍군이 진주해 하얼빈시, 목단강, 수문하 등의 도시는 물론 국경도시인 단동의 치안도 책임지고 있었다.

수많은 귀국 인파 속에서 압록강 철교를 건너려고 할 때 전염병 때문에 통행이 금지되어 어쩔 수 없이 2천5백 리나 떨어진 나북으로 되돌아가 다시 중국에서 삶을 계속해야 했다.

그 후 아버지는 이웃 마을에 사는 평안도 길주 출신인 어머니와 결혼해 나와 여동생 미주가 태어났고 나도 훗날 같은 동네에 사는 평안북도 신의주 출신의 청년과 결혼하여 슬하에 외동딸 나영을 두었다.

나는 조선족 3세로 중국 땅에서 태어났지만 조선족만 사는 마을에서 자라 설날이면 설빔을 입고 조상께 제사를 지냈으며 이웃집 어른들을 찾아가 세배를 했을 뿐만 아니라, 정초에는 농악 놀이를 하면서 마을 사람들과 흥겨운 시간을 가졌다. 추석에도 햅쌀로 빚은 송편을 만들어 이웃과 나누어 먹었으며 남정네들이 마을 어귀 송화강 고수부지에서 씨름을 할 때 박수를 치면서 응원을 하기도 했다.

마을에 누군가가 결혼을 하거나 회갑연 등의 잔칫날에는 중국인이 즐겨 마시는 40도가 넘는 백주 대신에 막걸리를 마셨으며 식사도 한족이 먹는 마라탕, 꿔바로우, 후오꾸오, 춘병이 아닌 쌀밥, 김치, 된장국, 두부 등의 발효 음식을 먹었다.

음식과 풍습뿐만 아니라 옷도 치파오 대신에 남자는 바지저고리를 여자는 치마저고리를 입었다.

이렇듯 중국 동북에서 사는 조선족은 전통과 풍습 등 모든 것을 오늘날까지도 조상들이 했던 방식대로 이어 가고 있다.

그렇지만 더 자세히 들여다보면 사정은 다르다. 조선학교에 다니면서 조선말을 배웠지만 역사 시간에는 단군 신화 대신 중국의 창조주 반고 신화를 배웠고, 고구려, 신라, 백제의 3국 시대 대신 5호 16국의 역사를 배웠으며, 애국가도 '동해물과 백두산이 마르고 닳도록'으로 시작하는 한국의 국가도 아니었고 '아침은 빛나라"로 시작되는 조선민주주의 공화국 애국가도 아닌 '기래 불원 주노'로 시작하는 중화인민공화국 국가를 불러야 했다. 국기 역시 태극기나 조선 인공기가 아닌 중국 오성기이며 호적 또한 한국 국민이나 조선 인민이 아닌 중화인민공화국 공민이다.

그 때문에 이따금 '나는 과연 누구인가? 라는 정체성에 회의를 품기도 하면서 어린 시절을 보냈다.

1988년 서울 올림픽이 개최되었을 때 중국에 살고 있는 조선족은 한국의 눈부신 경제 발전을 보고서 경탄을 금치 못했다. 때로는 한족에게 소외감도 느끼기도 했고 보이지 않게 멸시를 당하기도 했지만 올림픽을 계기로 민족적 자부심을 갖게 되었다. 올림픽을 치른 4년 후인 1992년에는 마침내 한국과 중국이 꽉 막혔던 장벽을 뚫고 수교까지 이르게 되자 조선족 사회는 많은 변화가 일어났다.

19세기 중엽에 미국인들이 금광을 찾아 서부로 행하였듯이 이곳 조선족들도 고위직 공무원부터 노동자에 이르기까지 수입이 훨씬 나은 한국으로 민족 대이동이 시작되었다.

이렇듯 한국행 엑소더스가 일어나자 나의 여동생 부부도 한국으로 가 국적을 회복한 후 서울에 살고 있으며 얼마 후에는 어머니도 귀국해 서울에서 그들과 함께 살고 있다.

지나간 과거가 주마등처럼 스쳐갈 때 평양 순안 공항에 착륙한다는 기내 방송이 나오자 가슴이 설레었지만, 분단의 상처 때문에 마음은 편치 못했다.

아! 그리운 내 조국

희망과 꿈을 간직한 채 난생처음 보는 평양은 어릴 적에 들었던 대로 역시 지상낙원다웠다.

시내의 중심부를 가로지르는 검푸른 빛의 대동강, 금수산과 모란봉, 능라도와 양각도 등의 작은 섬, 부벽루와 연관정 등의 옛 누각과 주체사상탑 등의 인공물이 조화를 이루어 한층 아름답게 보였다.

평양시가 조화의 미를 갖춘 도시로 변모된 것은 아이러니하게도 1950년 6월 25일에 일어난 동족상잔의 비극 때문이라고 한다.

전쟁이 발발한 지 3일 만에 수도 서울이 점령되고 2달 후에는 급기야 부산과 경상도 일부 지역을 제외한 모든 지역이 점령당하자 UN군이 참전하면서 전세가 역전되었다. 조선군보다도 공군력이 막강했던 미군은 제공권을 장악한 후 목표물이 있으면 아무런 방해나 제지 없이 폭격을 할 수 있었다. 그중에서도 김일성이 지휘하고 있던 평양의 총사령부는 미 공군의 첫 번째 표적물이어서 B52 폭격기는 평양 상공을 제집 드나들 듯 아무런 저항도 받지 않고 무차별적으로 폭파한다. 이 폭격으로 대동강 철교는 물론 평양 시가지에 있는 2층 이상의 건물은 모두가 파괴되어 다시는 사람들이 살 수 없는 유령과도 같은 도시로 변했다.

전쟁이 끝난 후 1950년 중반부터 1960년 초까지 수년에 걸쳐 조선은 평양시 복구 건설에 매진한다. 이때 러시아를 비롯한 동구권의 유명한 건축가들이 복구에 참여해 백지 상태에서 밑그림을 그려 평양시를 구조화된 도시로 탈바꿈시켰다고 한다.

비행기가 순안 공항에 안착했을 때 한시라도 빨리 고국 땅을 밟고 싶어 서둘러 내렸다. 이게 웬걸, 청사의 외벽은 빛이 바랬고 유리창도 몇 개나 깨져 있었다.

그래도 공항은 나라의 관문인데 그대로 방치된 모습을 보니 안타까웠다.

순안 공항에서 시내로 들어갈 때 이따금씩 지나가는 택시는 창문이 깨진 채 운행 중이었고 7, 8층 아파트 단지에서 연기까지 나고 있었다.

어릴 때 들었던 '조선은 지상 낙원이다'라는 생각은 사라지고 고난의 행군이라는 말이 무엇인가를 피부로 느낄 수 있었다.

강의실인가, 감옥인가? 의문의 남자 정체는?

평양을 처음 방문하는 외국인이라면 누구든지 거리 곳곳에 붙어 있는 '김일성 대원수님은 영원히 우리와 함께 계신다', '대를 이어 충성하자' 등의 캐치프레이즈를 보고는 놀라워하고 이상하게 생각할 것이다. 그런 까닭에 외국인들은 사전에 교육을 받는다. 나 역시 입국 전에 모교의 국제

김일성대학

교류처로부터 조선에서 지켜야 할 준칙을 교육받았고 평양에 도착한 후에도 중국 대사관으로부터 비슷한 교육을 받았다. 다소간에 불만스러운 점도 있었지만 사전에 교육을 받았기 때문에 견딜 수 있었다. 그러나 학교생활에서는 불만스러운 점이 더러 있었다.

등교 첫날 강의가 시작되기를 기다릴 때 의문의 남자가 교수님을 뒤따라와 내내 강의실 뒤에 서 있었다. 첫날이라 교실 시설을 점검하는 영선공이거나 아니면 조교일 거라고 생각했다. 그런데 그 남자는 다음 차시 강의 시에도 계속해 뒤에서 지켜보고 있었고 비가 오나 눈이 오나 강의가 있는 날이면 언제나 강의실로 왔다. 심지어는 그 자가 화장실에 갈 때도 다른 남자가 와서 그를 대신해 강의실내에서 단 1분도 감시의 손길에서 벗어날 수가 없었다.

김일성대학 강의실

무슨 일 때문에 지켜보는지 궁금했지만 물어볼 사람도 없어 의아하게 생각만 했다. 알고 보니 그는 나를 감시하는 감시인이었다.

그가 나를 감시하고 있다는 사실을 알고 난 후로는 거부감이 극에 달했다. 이 나라에서 죄를 범한 죄인도 아니고 엄연히 조선 비자를 받아 입국했고 조선이 준 장학금으로 온 유학생인데 날마다 감시를 받다니 도무지 이해가 되질 않았다.

계속해 감시를 당하자 스트레스가 쌓이고 분노가 폭발할 것만 같았다. 학습 능률은 갈수록 저하되었다. '귀국할까?' 하고 몇 번이나 망설였지만 남편과의 약속 때문에 돌아갈 수도 없는 사정이었다.

'참아야 한다. 참아야 한다. 감시를 받는 사람은 비단 나만이 아닐 것이다. 이 나라의 제도가 만든 것이니 받아들이자.'라고 최면을 거듭한 후에 비로소 해소되었다.

조지 오웰의 『1984』가 현실이 되다

2006년 5월경 교수님은 음소론 파트를 강의 중이었다. 그중에서 형태음소론에 이르자 이해가 되지 않았다. 바로 질문을 할 수도 있지만 뒤에는 항상 감시자가 버티고 있기 때문에 질문할 처지도 못되었다. 수업이 끝난 후 몇 번을 읽어도 이해가 되지 않고 연구 논문을 뒤져 봐도 이에 대한 자료는 없었다. 다른 방법이 없어 교수님께 전화를 했으나 받지를 않아 1시간 후에 다시 했지만 역시 마찬가지였다.

잠시 후 전화벨이 울렸다. 남편에게서 온 전화일거라고 생각하면서 반갑게 전화를 받았다. 그런데 이게 웬걸 전화를 건 상대는 다짜고짜 "미화

동무 왜 쓸데없이 전화를 해요? 도대체 무슨 일이요?"라고 다그쳤다.

"예, 오늘 공부한 것 중에서 이해가 되지 않은 부분이 있어서 그렇습니다."라고 하자 "그런 것이 있으면 나에게 허락을 받고 전화를 해야지 허락도 받지 않고 멋대로 전화를 해!"라면서 호통을 쳤다. 누군가에게 전화를할 때는 사전에 허락을 받아야 하는데 그 사실을 몰랐던 것이다. 감시인앞에서만 조심해야 한다는 생각만 했지 전화가 도청된다는 사실을 몰랐던 것이다.

조지 오웰은 『1984』라는 소설에서 텔리스크린이라는 괴물체가 24시간내내 개개인의 소리나 동작을 낱낱이 감시하는 사회가 도래할 것이라고예언했다. 그의 예언처럼 나는 인간 텔리스크린에 의해 감시를 당하는 꼴이 되었다.

오웰이 이 소설을 쓴 것은 1940년대인 80~90년 전이다. 그런데도 그는어떻게 나 자신이 처한 상황을 정확히 예측했을까!

소금으로 감기를 치료하는 김일성대학 교수님

2005년 12월 초순치고는 날씨가 상당히 쌀쌀했다. 내가 살고 있는 하얼빈에 비해서는 추위도 아니지만 그래도 한기를 느꼈다.

교수님은 여느 때와 마찬가지로 강의에 열중하셨는데 이상하게도 그날은 코에 소금을 대고 있었다. 왜 그러는지 이유를 묻고 싶어도 뒤에 있는감시인 때문에 물을 수가 없었다.

강의가 끝난 후 리포트를 낼 때 하단에 연필로 써서 "교수님 어디가 불편하세요?"라고 물었지만 아무런 대답도 없이 강의실을 나갔다. 물론 교수님도 뒤에 있는 감시자 때문에 강의 외에는 어떤 말도 할 수 없는 사정을 이해는 하지만 강의를 마치면 그 정도의 대화는 괜찮을 것 같았지만 끝내 대답이 없었다.

같이 유학 온 친구들에게 그 사실을 말했더니 "아마 감기일 것이다."라고 했다. 당장 교수 연구실로 가서 가져온 약을 주고 싶었지만 그럴 수 없었다.

그러나 교수님이 감기 때문에 고생하는 것을 마냥 보고만 있을 수 없어 다음 차시 강의 시간에 세 봉지의 약을 준비해 한 봉지는 외사처 담당자에게 다른 하나는 감시인에게 나머지는 교수님에게 드렸더니 아무런 문제도 없다는 듯이 묵인해 주었다.

그 다음 차시 강의 때 교수님은 리포트 하단부에 "어떻게 내가 감기 걸린 것을 알았어? 그 약을 복용했더니 이틀 만에 나았어. 고마워."라는 글과 함께 수정된 리포트를 되돌려 주었다.

교수님과의 감기 사건 이전에는 우리는 눈빛으로 대화를 했다. 그러나 눈으로 하는 대화는 그런 대로 의사 전달은 되지만 한계가 있어 이를 보완할 수 있는 것이 리포트 대화였다. 그 후로 질문이 있을 경우 리포트 대화를 계속했다.

'이가 없으면 잇몸으로'란 말이 있듯이 대화가 금지된 상황 하에서 그나마 할 수 있는 것이 필담이었다.

교수님 댁의 보물 1호는 일본산 전기밥솥

평양에 온 지 한 학기가 지날 무렵 나의 지도 교수님이 살고 있는 아파트도 평양의 여느 아파트와 마찬가지로 불을 피워 취사를 하고 있다는 사실을 알게 되었다. 조선 최고의 명문대 교수님이신데 아직도 취사를 땔감으로 하고 있다는 것을 알고서 방학을 마치고 학교로 돌아오면서 일본산 전기밥솥 하나를 선물로 드렸다. 선물을 받은 교수님은 뭐 이런 선물을 하느냐고 말했지만 아주 만족한 표정을 지으셨다. 얼마 후 교수님에게 밥솥을 잘 쓰고 있는지 물어보았다. 전기 사정이 여의치 못해서 사용을 않고 응접실에 장식용으로 두고 있다고 했다. 평양의 전력난 때문에 사용할 수 없는 것은 이해가 되지만, 별것 아닌 전기밥솥을 관상용으로 두고 있다는 것은 교수들이 받는 처우 때문일 것이다.

조선에서는 유치원이나 초, 중, 고 교사는 비교적 생활이 괜찮지만 교수들의 경우는 그렇지 못하다고 한다. 그러한 차이는 초, 중, 고교 교사는 직접 40~50여 명의 학생들을 가르치고 진로 지도를 하기 때문에 학부모와 교류가 많고 만날 때는 봉투 등을 받지만 교수는 학생 수도 적고 가르치는 이외에 학부모를 직접 만날 기회가 별로 없어 국가가 주는 월급에만 의존하기 때문이라고 한다.

명예는 있지만 경제사정이 어려운 것이 조선 교수들이 처한 현실이었다.

평양은 어째서 마음의 문까지 닫고 사는지!

모스크발 R887 열차는 정해진 시각에 하얼빈역에 도착했다. 잘 다녀오라는 남편의 말을 뒤로하고 지정석으로 가 자리에 앉았다.

나의 맞은편에 앉은 귀공자풍의 남자는 서류를 보다가 잠시 나에게 눈길을 주고는 보던 서류를 다시 보았다.

평양까지 가는 데는 15시간 이상이 소요되기에 지루함을 달래기 위해 준비해 온 『인민일보』 신문을 보았지만 어린 나영이 생각에 내용이 들어오지 않았다. 장춘을 지나 선양역에 도착했지만 그 남자는 내리지 않았다. 그러면 종착역인 평양으로 가는 것이 분명했다. 서먹서먹한 분위기를 깨기 위해 이동 판매원이 왔을 때 중국산 홍두차 두 캔을 사 그중 하나를 그에게 주자 아무런 대꾸도 없이 손사래를 쳤다.

평소에 즐겨 마시던 콜라 대신에 홍두차를 산 것은 조선 사람들은 미국인과 미국산 제품을 싫어한다는 사실을 알고 그를 생각해 샀는데도 거절해 자존심이 몹시 상했다.

6개월간 평양 생활을 하면서 특별한 경우가 아니고서는 사람들에게 말을 해서는 안 된다는 사실을 알았지만 그래도 나는 조선족이라 같은 민족이 아닌가? 그런데도 말 한마디 없이 상대의 배려까지 무시하니 기분이 언짢았다.

아무리 문을 닫고 살아도 마음의 문까지 닫고 살다니 이해가 되지 않았다.

형설지공

후진(後晉)의 이한이 저술한 『몽구집』에 '형설지공(螢雪之功)'이란 이야기가 있다.

이 책에 따르면 손강이라는 사람은 집이 가난하여 기름을 살 돈이 없어 눈(雪, snow)빛에 책을 읽었고 훗날 어사대부(御史大夫)의 벼슬까지 오른 인물이며 진(晉)나라의 차윤이란 사람은 기름을 살 돈이 없어 여름이면 수십 마리의 반딧불을 잡아 그 빛으로 밤을 새워 책을 읽고는 마침내 이부상서의 벼슬까지 올랐다는 이야기로 형설지공은 가난한 사람이 반딧불과 눈빛으로 고생 끝에 이룬 공이란 뜻으로 어려움을 극복하면서 그 뜻을 이룬다는 고사성어다. 외람되게 내가 이 말을 꺼낸 것은 손강이나, 차윤처럼 그렇게까지 열악한 환경에 처한 것도 아니고 입신양명을 한 것도 아니다. 다만 평양 유학 중일 때 전력난 때문에 내가 겪은 경험을 이야기하고자 할 따름이다.

내가 유학 중이던 2005년 무렵은 조선이 고난의 행군이 끝난 후 얼마 되지 않을 무렵이라 모든 사정이 어려웠지만 그중에서 전력난이 심해 밤낮없이 정전이 되기 일쑤였다. 전력난은 나 같은 유학생에게 심각한 문제였다. 과제물을 제때에 제출하기 위해서는 밤을 새워 공부를 해도 시간이 모자랄 정도였다. 일분일초가 중요할 때 하루 이틀도 아니고 연일 하룻밤에도 수십 번이나 정전이 되어 학습에 지장을 받자 불만이 누적되어, 스트레스로 병이 날 지경이었다. 이러다간 안 되겠다 싶어 마음을 가다듬고 곰곰이 생각하니 묘안이 떠올랐다.

정전이 될 때는 공부했던 내용을 암기하는 시간으로 바꾸었다. 이렇게 하자 그 시간을 유용하게 쓸 수 있었고 학습 능률 또한 향상되었다. 그 결과 까다롭기로 소문난 김일성대학에서 3년 만에 박사 학위를 받았다. 아이러니하게도 북한의 전력난이 학위 취득에 일조를 한 셈이다.

김일성대학 박사학위증

중국으로 돌아온 후 몇 년이 지난 후 우연히 신문에 난 위성사진을 보고는 적잖이 놀랐다. 위성에서 촬영된 그 사진은 동북아시아의 밤 모습을 담고 있었다. 이 사진에서 한국, 일본, 중국은 불빛이 환하게 빛나는 데 비해 한국과 중국 사이에 있는 북한은 캄캄해 그때까지도 북한은 전력난에 처해 있음을 알 수 있었다.

김일성대학 박사 기념메달

차가 사람을 태울까? 사람이 차를 태울까?

전력난은 지하철과 전차 등 대중교통에도 영향을 미쳤다. 평양에 온 지 한 달이 지날 무렵, 인민대학습당으로 가는 지하철을 타기 위해 에스컬레이터를 타고 플랫폼에 이르렀을 때 주변이 어두컴컴해 가까이 있는 물체도 분간할 수 없을 정도로 어두웠다. 손을 더듬으며 조심스럽게 앞으로 갔지만, 옆 사람과 몇 번이나 부딪쳐 혼이 났다.

그런데 더 고역은 지하철에 승차했을 때였다. 그때는 6월 말로 미제 침략 규탄 집회를 마치고 귀가하는 승객들이 대부분이라 땀 냄새가 진동을 해 더 이상 참을 수가 없어 중간에 내려야만 했다.

그때 겪은 악몽 때문에 지하철을 더 이상 타지 않고 버스나 택시 아니면 전차를 이용해야 했다. 이들 대중교통도 불편하기는 마찬가지였다. 버스는 가뭄에 콩 나듯이 왔고 택시를 타려면 고려 호텔까지 가야만 했다. 그나마 이용 가능한 것은 전차였다.

전차는 출퇴근 시간에는 승객이 많아 발을 디딜 틈이 없을 정도라 타지 않았지만 그 외 시간에는 한 번씩 이용했다.

그런데 이 전차를 탔을 때도 끔찍한 경험을 했다. 평지에서는 잘 달리던 전차가 약간 경사진 언덕을 오를 때 전력이 약해 더 이상 움직이지 않았다. 할 수 없이 승객들이 내려 뒤에서 차를 밀고 가야 했으니 차가 사람을 태워 가기는커녕 사람이 차를 밀고 가는 희한한 일이 벌어졌다.

평양의 전력난은 나에게 이런저런 잊을 수 없는 추억을 남겼다.

밤마다 들려오는 함성의 실체는?

2005년 여름은 전례 없이 무더웠다. 7월 중순 무렵인데도 평양의 기온은 벌써 33℃를 넘었다. 높은 온도와 습도 때문에 견디기가 몹시 힘들었다. 낮에는 그나마 나무 그늘 밑에서 더위를 피할 수 있었지만 밤이 문제였다.

기숙사에 선풍기는 있어도 전력 부족으로 제대로 작동되지 않아 창문을 열어 놓고 부채질로 더위를 식혀야 했다.

복 더위가 기승을 부리던 날 창문을 열었더니 앵앵거리는 모기 소리와 함께 어디선가 우렁찬 함성이 들렸다. 무슨 소리인지 알 수 없어 귀를 기울여도 "와! 와!" 하는 소리 외는 알 수 없었다.

이튿날 동숙생에게 그 함성에 관해 묻자, 매년 6월 25일은 미 제국주의에 맞서는 투쟁의 날이며, 7월 27일은 미군과의 전쟁에서 승리한 '전승절'이라 이 기간 중에 전 인민이 투쟁을 결의하고 김정일 장군님을 옹위하기 위한 집회가 열리며 그 함성 소리는 "김정일 결사 옹위! 김정일 결사 옹위! 김정일 결사 옹위! 와!"라고 하는 것이라 했다.

아무리 그래도 무더운 한여름 더위에 집회를 마치고 밤늦게 집에 가면 다음 날 출근에 지장이 없겠느냐고 묻자 "김정일 장군님의 옹위를 위한 중대한 행사인데 아무리 힘들다 할지라도 평양시민으로서 응당히 해야 할 임무가 아니냐!"라면서 오히려 나를 이상한 눈으로 바라보았다.

평양 백화점에 외국인 출입이 가능할까?

평양에서 생활하다 보면 불편한 점이 한두 가지가 아니지만 그중에서도 몸이 아플 때이다. 김일성대학에 재학 중인 외국인 유학생의 경우 병원 진료가 가능한 시간은 수요일 오후 1시부터 3시까지 두 시간이며 병원도 지정된 병원만 가능하다.

건강에 이상이 없을 땐 괜찮지만 갑자기 아플 때가 문제이다. 내국인과의 접촉이 금지되기 때문에, 몸이 아플 경우 외사처 관계자가 진료소에 미리 연락해 내국인이 없는지를 확인한 후 관계자와 함께 가서 진료를 받아야 해 불편하기도 하지만 급성 위경련 등 시급을 요하는 경우가 문제이다.

또 하나의 문제점은 치료용 의약품이 부족하다는 점이다. 다행스럽게 조선의 의사들은 침으로도 치료해 약이 없더라도 치료를 받을 수 있다.

비록 의약품이 부족하고 학교 관계자와 동행을 해야 해 불편하기는 하지만 의료진은 외국에 와서 고생을 한다면서 최선을 다해 치료를 해 주고 특히 간호사들은 얼굴 마사지와 안마도 해 주기 때문에 수요일 오후를 기다리곤 했다.

병원 치료와 마찬가지로 목욕도 목요일 오후 2시에서 5시까지 3시간으로 정해져 있다. 여름에는 기숙사에서 샤워를 할 수 있어 괜찮지만 날씨가 추울 때가 문제다. 온수가 나오지 않기 때문에 샤워를 하기 위해서는 1주일을 기다려야 한다. 우리가 목욕탕에 가면 우리를 제외하고는 아무도 없다. 넓은 목욕탕을 우리만 사용해 좋기는 하지만 주인에게 미안한 마음이 든다.

불편한 점은 백화점도 빼놓을 수 없다. 평양에는 평양 제1백화점을 비롯해 몇 개의 백화점이 있지만 외국인은 출입이 금지되어 이용할 수 없다. 그나마 다행인 점은 나 같은 조선족은 예외다. 그래서 의류나 화장품 등 구입할 물품이 있으면 후배들이 나에게 부탁한다. 하지만 3인 이상이 아니면 외출이 금지되기 때문에 그들도 백화점 부근까지는 같이 가서 내가 물건을 사 가지고 나올 때까지 출입문 밖에서 기다려야 한다.

위와는 대조적으로 평양인이 외국인 때문에 불편을 겪는 경우도 있다. 철도를 이용할 때다. 여름이 되면, 평양역엔 철도 이용객들이 항시 붐벼

표 구입을 위해서 줄을 서야 하고 탑승을 위해서 기다려야 한다. 반면에 외국인은 전용 매표소와 통로가 있어 줄을 설 필요가 없이 바로 외국인 전용 칸에 탑승할 수 있다. 대개 외국인 전용 칸은 비어 있는 좌석이 많아 편하게 갈 수 있지만 내국인은 발 디딜 틈이 없을 정도로 붐비기 때문에 같은 민족으로서 미안함을 느끼지 않을 수 없다.

쇼윈도 평양

평양에 거주하는 동안 3가지의 독특한 사실을 알게 되었다.

첫째는 평양에는 장애인과 그 가족이 살 수 없다는 점이다. 오늘날 많은 나라는 장애인을 위한 복지시설을 만들고 배려한다. 그에 비해 평양은 이들을 평양 외의 지역으로 추방시킨다고 한다. 장애인으로 태어난 것도 괴로운데 추방까지 당하니 억울하기 짝이 없을 것이다.

둘째는 국제친선예술제가 열리는 기간 중에는 노인들을 볼 수 없다는 점이다.

평양에 온 지 1년이 지날 무렵 오랜만에 후배들과 함께 보통강 구역으로 봄나들이를 갔다. 이야기꽃을 피우며 한참을 걸었지만 이상하게도 노인을 볼 수 없었다. 평소 같으면 창광원 주변에는 표를 사기 위해 줄지어 서 있는 모습을 볼 수 있었는데 전혀 보이지 않았다.

때마침 초등학생들에게 오늘은 왜 어르신들이 없는지를 물었지만 못 들은 척하고 지나갔다. 그때가 하교 무렵이라 또 한 무리의 학생들이 오고 있었다. 이번에도 물었으나 못 들은 척해 다시 한 번 묻자 그중에 한 명이 "아주머니는 우리 조선 사람이 아닌가 봐요? 그것도 모르고."라고 했다.

그러자 옆에 있던 어린이가 "맞아, 우리 수령님과 위원장 동지 배지가 없는 걸 보니 외국인이지 뭐."라고 해 "그래, 네 말이 맞아. 그러나 사실은 나 중국에 사는 조선 사람이야. 너와 같은 조선민족이야."라고 했다.

그러자 "아주머니, 지금은 국제친선예술제가 열리는 기간입니다. 이 기간 중에는 외국 손님이 많이 오기 때문에 우리 담임선생님께서 할아버지, 할머니는 집에 있어야 한다고 했어요. 그리고 집에 갈 때도 혹시 외국인이 말을 걸더라도 대답을 하면 안 된다고 했어요."라고 했다.

기숙사로 돌아와 동숙생에게 정부가 이 기간 중에 어르신들의 출입을 금지시키는지 아니면 그 선생님 혼자 생각인지 알고 싶었지만 차마 물을 수 없어서 그냥 국제친선예술제가 어떤 행사인지 물었다.

그녀는 행사 기간과 참가국 등에 관해 말했지만 정작 내가 듣고 싶은 것은 그것이 아니었다. 그 후에 안 사실이지만 이 행사 기간 중에는 노인들의 출입을 자제시킨다고 했다.

셋째는 거리에 노숙자나 구걸하는 사람이 없다는 점이다. 다만 평양 역사 주변에는 무거운 보따리를 들고 힘겨워 하는 사람들이 약간 보일 따름이다. 그러나 평양 당국은 이 모습조차도 보이고 싶지 않아 평양역과 가까운 고려 호텔에 투숙하는 외국인 경우 안내원을 통해 그 주변으로 외출을 못하게 한다고 한다.

흔히들 평양은 '쇼윈도'와 같은 도시라고 한다. '쇼윈도' 안에 진열된 상품은 양질의 제품이어야 한다. 불량품은 쇼윈도에 전시될 수 없다. 장애인이나 노인들은 쇼윈도 평양에 맞지 않을 것이다.

아차! 잘못 눌린 카메라 셔터

인간은 살아가면서 잊을 수 없는 대상을 오래오래 간직해 두고 싶어 한다. 어떤 이는 글이나 일기로 또 다른 사람들은 카메라로 그 뜻을 이룬다.

기록의 가장 손쉬운 방법은 카메라를 이용하는 것이다. 카메라는 누구나 손쉽게 이용이 가능하고 거기다가 시각적인 효과도 뛰어나 때문에 기록물로서는 제일 각광을 받는다. 더구나 오늘날은 휴대폰에 장착된 카메라로 손쉽게 피사체를 담을 수 있다.

그러나 어떤 경우에는 피사체를 보호하거나 보안의 목적을 위해서 제약이 따른다. 루브르 박물관이 소장하고 있는 레오나르도 다빈치의 〈모나리자〉 앞에서 촬영을 금하는 것은 전자의 예이고 군사 시설물 등 보안과 안위에 관한 것은 후자의 예이다.

이런 특수한 목적도 없이 촬영이 금지되는 곳이 있다. 평양이다. 찍어서는 안 되는 대상이 너무 많다.

첫째는 지하철역이다. 평양의 지하철은 교통수단으로서 뿐만 아니라 전시에 대비한 시설로 지어졌기 때문에 개선역과 승리 역을 제외하고는 군사 보안상 촬영이 금지된다.

둘째는 자본주의의 상징인 장마당도 촬영 금지 구역이다. 조선이 추구하고자 하는 가치는 사회주의의 실현이다. 장마당은 공동으로 생산해 공동으로 분배해 계층이 없는 평등한 사회를 만들려는 가치와 동떨어지기 때문일 것이다.

셋째는 군인이다. 평양 시내에는 유독 군인이 많다. 소년 병사에서부터

60대로 보이는 노병사에 이르기까지 여러 연령층의 병사가 있다. 절대 찍어서는 안 된다.

넷째는 골목길과 초라한 집이나 건물도 촬영해서는 안 된다. 조선은 한때는 지상 낙원이라고 했다. 이를 위해서는 낙원답게 보여야 한다. 보기에 흉한 모습을 보고 누가 낙원이라고 하겠는가?

다섯째는 김일성, 김정일 동상을 촬영해서는 안 된다. 단 김 부자의 초상화는 찍을 수 있지만 초상화는 반드시 중앙에 배치해야 한다.

이런 점 때문에 평양에서는 함부로 사진을 찍어서는 안 되고 항상 조심을 해야 한다. 그러나 불행하게도 이 사실을 알지 못한 사람이 나와 함께 유학 온 동기생이다. 그는 사진을 찍다가 공안에 연행되어 어디론가 잡혀갔다. 수일이 지나도록 그의 행방은 묘연했다. 모두가 애를 태우고 있을 때 며칠이 지난 후 수척한 모습으로 나타났다.

"너 도대체 어디에 갔었지? 어찌된 일이냐?"라는 우리의 물음에 아무런 대답도 않았고 공포에 휩싸인 채 누군가에 의해서 쫓기는 모습이었다.

그는 계속된 공포와 불안감 때문에 정신이상자가 되어 더 이상 학업을 계속할 수 없어 유학을 포기하고 중국으로 돌아갔다.

하지만 이 사건은 개인의 일로 끝나지 않았다. 그 사건 이후 평양의 모 대학은 한동안 대련외국어대 출신의 유학생을 받지 않았다.

평양의 아름답고 좋은 면만 보여 주고자 하는 조선 정부의 방침 때문에 한 젊은이의 꿈이 좌절되고 말았다.

뇌물은 만능키

2005년 2월 25일 처음 평양에 갈 때는 하얼빈 공항에서 국내선을 타고 북경 수우드 공항으로가 고려 항공 여객기에 탑승했다.

수우드 공항 국내선에서 국제선 게이트까지는 거리가 멀고 20kg이 넘는 짐을 혼자서 끌고 가야 해 두 번째 입국 시에는 기차를 이용했다.

하얼빈 역을 출발한 러시아 기관차 소속의 평양행 기차는 시속 200km를 오르내리며 장춘역과 심양역에서만 멈추고 압록강 철교를 건너 조선의 국경도시 신의주에 도착했다.

항공기든 기차든 입국을 위해서는 입국 수속을 밟아야 한다. 이미 비자를 받았기 때문에 수하물 검사만 받으면 된다.

눈초리가 매서운 수화물 담당자가 다가와 나의 신분을 확인하고는 트렁크에 있는 물건을 검색하기 시작했다. 반입금지 물품이 없어 별로 걱정이 되지 않았지만 책이 문제가 될 수 있었다.

김일성대학 대학원생이지만 외국인이라 학교도서관을 출입할 수 없고 서점도 출입이 금지돼 참고 논문이나 필요한 책이 있으면 인민대학습당으로 가야 한다. 인민대학습당도 혼자 가면 출입을 할 수 없기 때문에 외사처 직원이 동행해야 한다.

전공 서적은 소설이나 잡지류와는 달리 읽는 데 상당한 시간이 필요하므로 담당자는 오랫동안 기다려야 해 더 이상 함께 가는 것이 부담스러웠다. 그래서 방학이 끝난 후 조선에 갈 때는 한국에서 출판된 책을 가지고 가서 참고 자료로 활용해야만 했다.

그런데 문제는 한국에서 출판된 책은 반입이 금지된다는 점이다. 사정이 이렇기 때문에 한국이라는 표기가 있는 부분은 칼이나 가위로 오려 내거나 검정 사인펜으로 지우고 복사를 했고, 문제가 될 만한 부분은 몇 번이나 확인하고 대비했다. 하지만 복사물은 양이 많고 책은 여러 권이라 내용을 일일이 다 점검하지 못했기 때문에 검색을 기다리는 동안 약간 초조했다.

담당자는 짐을 일일이 꺼내 체크하고는 이상이 없는 듯 지나갔다. 잠시 후 다른 직원 역시 같은 방법으로 검색을 했지만 별 이상이 없는 듯 지나갔다. 세 번째 담당자가 또 다시 다가왔다. 뭔가 꼬투리를 잡을 때까지 검색을 계속한다는 것을 그때서야 눈치를 채고는 담당 교수님에게 줄 선물을 꺼내 주자 그의 태도는 돌변해 뭐 불편한 점이나 도와 줄 것이 없느냐 묻고는 검색도 않고 그대로 지나갔다.

입국심사가 끝나자 곧바로 출발을 했다. 하얼빈에서 단동까지는 200km 이상을 달려왔던 기차는 시속 60km 정도로 속력이 떨어져 신의주에서 오전 9시 30분에 출발한 기차는 평양까지 한 번도 정차를 하지 않는 데도 불구하고 저녁 7시가 지나서야 평양역에 도착했다.

그해 여름에 신의주역에서 홍역을 톡톡히 치른 후 그 다음 학기부터 방학을 마치고 평양으로 갈 때는 수화물 검색 담당자에게 줄 뇌물을 미리 준비했다.

2006년 겨울 방학을 마치고 평양으로 귀환 중에 순안 국제공항에서 검색대 앞에서 화물 검색을 받아야 했다. 지금은 자동 검색대가 있어서 X-ray를 투시해 내용물을 검색하지만 당시엔 자동 검색대가 없어 가방을 열거나 박스를 잘라 내용물을 일일이 눈으로 확인했다. 담당자는 예리한 눈빛으로 나의 수화물을 이것저것 뒤지기 시작했다. 주변의 눈치를 살피면서 나는 그에게 줄 만년필을 만지작거리고 있었다. 그는 나의 책갈피 속에서 무엇인가를 꺼내면서 "이것이 뭐냐?"라고 물었다. 그가 나에게 보여 준 것은 지난해 김일성 광장에서 개최된 9.9절 행사시에 외국인 학생 대표로 참석했을 때 패용했던 명찰이었다. 그는 그 행사와 관련해 나의 역할에 관해 물었다. "나는 외국인 유학생 대표로 선발되어 김정일 장군님과 후진타오 주석님 옆에 앉아 인사도 하고 악수도 했다."라고 했다.

그러자 그의 자세가 갑자기 변하면서 "동무, 동무가 직접 우리 원수님과 악수까지 했다고요?" 말하고는 검색 없이 통과시켰다. 그 이후 나는 검색대를 통과할 때마다 9.9절 행사시에 패용했던 명찰을 보일 듯 말 듯 속에 꽂아 두고 편안한 마음으로 통관을 기다렸다.

나의 이상향 길주, 이주의 자유가 없다

나의 고향 나북 하동향은 조선족만 사는 마을이고 주민들은 북쪽 출신이 많은 편이며 동북에 위치해 조선의 함경북도와 가까워 말과 행동이 거칠고 투박하지만 순수하고 인정도 많아 모두가 사이좋게 지냈다.

1930년대에 간도로 이주해 온 대부분의 집들이 그렇듯이 우리 마을 사람들도 한족 지주들의 횡포와 농간 때문에 시달림을 받았으며 가난의 굴레를 벗어나지 못했다.

다행스럽게도 1992년에 한국과 중국 간에 문이 열렸다. 한국은 중국에 사는 조선족에게 기회의 땅이었다. 누구나 할 것 없이 노동력만 있으면 한국으로 갔다. 나의 고향 사람들도 한국으로가 많은 돈을 벌어 형편이

나아졌고 노후도 즐기면서 살아간다. 이들이 즐기는 것 중에 하나가 여행이고 선호 지역은 북조선이다.

이 노인들은 여행지에서 돌아오면 이구동성으로 북조선을 비난한다. 그들이 주로 비난하는 것은 3대로 이어지는 세습체제와 굶주림에 시달리는 북한 동포들의 삶이다. 그렇지만 그들은 정치체제나 굶주림은 조선 내부의 문제라 비난을 하여도 별로 열을 올리지 않지만 정말로 분개하는 것은 고향을 방문할 수 없다는 점이다. 아까운 돈을 들여 평양까지 간 김에 고향을 방문해 친인척을 만나고 조상 산소에 성묘를 가고 싶지만 조선 정부는 이를 막고 대신에 김일성 부자의 시신이 안치된 금수산 태양 궁전과 만수대로 데리고 가 참배를 강요하기 때문에 불만이 터진 것이었다.

2008년 박사 학위 논문이 통과되고 곧 평양을 떠나야 했는데, 어릴 적 외할아버지와의 작은 약속이 머리를 스쳤다.

나는 장녀로 태어나 집안의 귀여움을 독차지했다. 외할아버지는 그 넓은 가슴에다가 나를 안고는 옛이야기를 자주 하셨다. "할아버지가 너처럼 어렸을 때 조선 땅 길주에 살았다. 봄이면 뒷산은 복사꽃과 진달래가 만발했고 여름밤에는 정자나무 아래서 모닥불을 피워 놓고 동네 사람들과 옛 얘기를 나누면서 길주 장날에 사온 수박을 온 동네 사람들과 맛있게 나누어 먹으며 정답게 지냈어. 일본 놈들의 수탈이 없었다면 정든 고향에서 고향 사람들과 잘 살았을 텐데."라며 내가 알아들을 수 없는 이야기를 듣다가 당신의 가슴에서 잠든 적이 한두 번이 아니었다.

외할아버지의 고향인 길주는 언제나 나의 이상향이었다. 폐병을 오래 앓아 기침이 심해 밥을 먹을 수 없어 미음으로 생명의 끈을 이어 갈 때도 언제나 고향과 고향의 친인척들에 대한 그리움을 간직했던 할아버지. 당신은 끝내 고향에 가지 못했지만 나는 당신을 대신해 다녀오겠다고 했다. 그 작은 약속을 지키기 위해 외사처에 찾아가 내 뜻을 전했지만 정부의 방침 때문에 불가능하다고 했다. 내가 외할아버지에게 한 작은 약속은 단지 꿈에 불과했다.

김정일의 손은 뜨거웠다

9월 9일 아침, 눈을 뜨니 날씨는 쾌청하고 공기도 더없이 맑았다.

나는 외사처 관계자와 인솔 요원의 안내에 따라 김일성 광장 주석단에 자리를 잡았다. 이어서 각국의 경축 사절단과 평양 주재 대사들이 연이어 들어왔다. 주석단 아래 광장에서는 한복을 곱게 차려입은 여인들이 꽃술을 흔들자 광장은 온통 빨강 물결을 이루었다. 잠시 후 "와!" 하는 소리와 함께 온통 울음바다로 변했다. 그때 내 앞으로 김정일 국방위원장과 후진타오 주석이 손을 흔들면서 다가왔다.

어제 9.9절 행사에 유학생 대표로 선발되었다는 통보를 받고서 마음의 준비를 했지만 막상 내 앞에 두 거물이 나타나자 그들의 무게에 눌려 숨이 막힐 지경이었다. 광장은 "장군님! 장군님!" 부르짖는 절규와 함께 울음이 계속되었다.

장내가 진정되면서 군사퍼레이드로 이어졌다. 병사들의 걸음걸이는 인간이 아닌 로봇과도 같았고 수천 명도 넘어 보이는 병사들은 한 치의 오차도 없이 행진을 했다.

천안문광장에서 8.15 행사에 거행되는 인민 해방군들의 전승절 행사를 수없이 보았지만 그들과는 비교도 안 될 정도로 절도가 있었고, 패기가 넘쳐 같은 민족으로서 자긍심을 느꼈다.

그러나 대량의 살상 무기들이 연이어 등장하자 저 무기는 결국 나의 동족으로 향할 것이 아닌가를 생각하니 우려를 넘어 섬뜩하기까지 했다.

퍼레이드를 보면서 자부심을 느끼고 또 다른 한편으로 우려감을 느끼며 혼란스러울 때 김정일 국방위원장이 옆으로 와 악수를 청했다. 그는 내가 패용한 명찰을 보고는 "유학생 대표군요?"라고 했다.

그 순간 "위원장님, 나도 위원장님처럼 조선 사람입니다."라고 말하고 싶었지만 아무런 말도 하지 못했다. 이어서 후진타오 주석께서도 손을 내밀었다.

순간 '나의 존재는 누구일까?'란 생각이 뇌리를 스쳤다. '김정일 동지와 같은 조선인일까? 아니면 후진타오 주석처럼 중국인일까?' 머리가 혼란스러웠다. '네가 이 자리에 서게 된 것은 중국 공민이기 때문이야. 아니다. 너는 대륙의 딸이 아니고 삼천리금수강산의 딸이야. 너의 할아버지가 먹고 살기 위해 잠시 남의 땅에 가서 살고 있을 뿐, 너의 할아버지, 할머니, 아버지, 어머니가 그렇듯 너는 100% 조선의 피가 흐르는 순수 혈통을 가진 조선인이야'라는 생각이 교차했다.

광장에서 여인들은 계속해서 꽃술을 흔들며 울부짖고 있었다. 일제의 강점이 없었다면 나도 저기서 똑같은 행동을 할지도 모른다는 생각이 들어 눈시울이 뜨거워졌다.

행사 후 후배들이 다가와 "후진타오 주석을 가까이서 보니 어떤 모습이더냐?", "손을 잡으니 감정이 어떻더냐?", "김정일은 무슨 말을 했느냐?" 등의 질문이 쏟아졌다.

기숙사로 돌아온 후 세수를 하려니 선뜻 손을 물에 넣을 수 없었다. 다시 방으로 가 휴대폰을 꺼내서 손을 촬영했다. 한 번으로 부족해 연거푸 두세 번을 눌렀다. 씻기 전이나 씻은 후나 똑같다는 것을 알면서도 그렇게 하고 싶었다.

평양인은 왜 김일성에 열광할까?

평양 순안 국제공항에 첫발을 디디는 순간부터 이 나라는 김일성을 신봉하는 종교공화국같이 보였다. 옷에 달고 있는 배지, 동상, 초상화, 각종 구호는 물론 교실이든, 집이든, 사무실이든, 거리든, 동서남북, 상하좌우 어느 하나도 김일성과 관련되지 않는 것이 없었다. 더욱 놀라운 것은 사람들은 아무런 의심 없이 이 사실을 받아들인다는 점이다.

조선 사람들이 이토록 김일성을 신봉하는 이유는 무엇일까?

무언가가 있기에 그를 경모할 것이란 생각은 들지만 알 수가 없었다. 그런데 공교롭게도 그 답은 조선 내부가 아닌 내가 살고 있는 중국 동북에 살고 있는 조선족 어른들의 증언 속에 있었다.

조국 조선에서는 1919년 3.1운동 이후에는 독립운동이 뜸해졌지만 만주 지역에서는 끊임없이 지속적으로 항일 투쟁을 했다. 때로는 조선인끼리 부대를 만들어 싸웠고 또 다른 때는 중국인과 함께 항일 연합군을 만들어 공동으로 항전을 하기도 했다.

결사적인 항전으로 청년들의 피해가 늘어나자 동네 사람들의 주된 화제는 희생자와 항일 독립투사들의 이야기가 되었다.

청산리 전투에서 김좌진 장군과 홍범도, 최진동 장군이 이끄는 연합군의 대승, 어랑촌 전투에서 홍범도 장군 부대의 승리, 왕청 전투에서 30명이 소부대 활동 중 일본군에 의해 추격을 받다가 전원 행방불명, 밀산 홍개호 전투에서는 최석천(최용건)이 이끄는 항일 부대가 승리를 했다는 등 일본군과의 교전이 대화의 주된 화제였다.

어린 시절에 이란 항일 투쟁에 관한 이야기를 여러 번 들었지만 관심이 없어 듣는 둥 마는 둥 해 기억에 남는 것은 거의 없었다.

그러나 평양 생활을 하는 동안 김일성에 관한 호기심이 생겨 2006년 겨울 방학 때 귀국한 후 안승가에 있는 조선족 노인협회로 가 김일성에 관해 물었다. 노인들은 다음과 같은 이야기를 들려주었다.

> "일제의 무자비한 토벌 때문에 1920년 김좌진 장군이 이끌었던 청산리 전투나 홍범도 장군, 최진동 장군 형제가 이끌었던 너황촌 전투 후로는 이렇다 할 승전보가 없었던 상황에서 김일성이 이끄는 항일 유격대의 보천보 전투에서의 승전보는 우리 동포들에게 꿈과 희망을 주었어. 그 이후에도 장백산(백두산) 주변에서 수많은 교전을 벌였고, 그때마다 그의 영웅적인 활약상이 생생하게 전해졌고 확대 재생산되어 심지어는 축지법을 써 동에 번쩍, 서에 번쩍하느니 하늘 위로 날아다닌다는 등의 많은 무용담이 끊임없이 전해졌어."

> "산꼭대기에 김일성이 나타나면 수많은 군을 투입해 공격을

시도하지만 눈 깜박할 사이에 사라지기 일쑤였어. 눈 덮인 설산에 나타날 때는 산 밑에서 진을 치고 굶겨 죽이려 하지만 어느새 농가로 내려와 먹을 것을 챙겨 계속 항전을 했어. 그 때문에 일본 놈들이 김일성 비적 떼와 내통한다고 판단해 산기슭에 띄엄띄엄 있는 가옥을 한군데 모아 집단 부락을 만든 후 마을마다 번호를 부여하고 자경단을 만들어 김일성 비적 떼의 출몰에 대비를 했어. 그 때문에 우리 민족이 고생 꽤나 했지만 그래도 그들의 항전은 다 나라를 되찾기 위한 것이었으니 박수를 보냈지."

"그는 주로 동만에서 활동했지만 북만의 동영 전투 등에서도 항일 연군으로 참전해 주보중이나 이조린, 조상지 등 중국의 기라성 같은 장군들과 함께 지휘를 했어. 그의 항일 투쟁 활동은 하얼빈 동북 열사기념관은 물론 동영 요새와 호두 요새 등의 항일 격전지 전쟁 박물관에서도 볼 수 있어. 그는 깊은 시름에 빠진 우리 조선민족에게 용기와 희망을 주었어. 우리 민족이 모이면 '장백산 굽이굽이'로 시작되는 김일성 장군 노래를 지금까지도 부르곤 하지."

"내가 예닐곱 살 때 어른들은 김일성의 신출귀몰한 행동을 파리에 비유하곤 했어. 파리를 잡으려고 파리채를 내리치면 그 놈은 벌써 다른 방으로 도망을 갔다가 다시 나타나듯이 김일성 장군도 신출귀몰해 동에 번쩍 서에 번쩍 나타나 일본군인 놈들의 간담을 서늘케 했어. 그가 쓴 다양한 술책도 회자되었지.

화룡의 뱀사골 전투에서는 일본군을 뱀이 우글거리는 뱀사골 바위로 유인해 놈들이 허겁지겁하는 사이에 역공을 취하기도 했지."

신격화된 김일성

중국 동북에 사는 조선족 어른들의 증언을 종합해 보면 김일성은 항일 투쟁에서 공을 많이 세운 것은 객관적인 사실임이 분명하다. 그러나 그는 영웅을 넘어 어느덧 신으로 둔갑된다. 그 예로 『김일성 전설집』 보천보 전투 부분에서 "일본 총독이 김일성 장군의 대승 사실을 전한 『동아일보』를 모두 모아 마당에서 불태웠으나, 하늘 가득 날아 오른 불티들이 하얀 종잇조각으로 변하여 햇빛에 반짝이면서 눈송이들처럼 쏟아져 내려 시민들에게 전해졌다. 시민들은 하늘에서 함박 눈송이처럼 날아 내리는 신문들을 받아 쥐고는 보천보가 김일성 장군님께서 이끄시는 유격대한테 얻어맞고 만신창이가 되었다며 후련해했다."는 이야기가 나온다.

특히 "『동아일보』 기사에서 불티는 바다를 건너고 대륙을 넘어 날려 가지 않은 곳이 없었다. 그리하여 유럽의 도시들에서도 하늘에서 날아 내리는 신문을 받아 보고 놀라워했고, 아메리카와 아프리카의 들판에서도 하늘에서 날아 내리는 신문을 받아 보고 경탄을 금치 못했다."고 한다.

급기야 김일성은 인간을 뛰어 넘어 초자연적인 능력을 지닌 신비스런 존재가 된다.

"출어 중 칠흑같이 어두운 밤 폭풍을 만나 표류하게 된 두 척의 배 선원들이 김일성 장군의 초상화가 걸린 선장실에 모여 앉아 항일 빨치산 참가자들의 회상기를 수십 회나 읽으며 김일성 장군님께 구원을 청했더니 어느 사이에 풍랑은 잠들고 기적적으로 무사히 구출되었다."

"김일성 장군님은 축지법도 쓰시고 변신술, 둔갑술, 승천입지(昇天入地)로 하늘로 솟아오르고 땅에도 들어가는 등 모습을 자유자재로 둔갑하는 등 별별 술법에 능하시고 천문지리에도 환하시어 천리 밖에 앉았어도 일본 군대의 움직임을 손금 보듯 하신다. 장군님의 뜻은 하늘에 닿았고 장군님은 인품은 천하를 안을 만하시고 장군님의 지략은 변화무상하여 이 세상에 따를 자가 없다."

"장군님은 종이를 배로 만들어 건너시고, 종이를 하늘로 날려 그 위에 올라타시었으며 장군님이 유격대에 지급한 총알에는 눈이 달려 있어 왜놈들을 백발백중으로 명중시켰으며 백두산 천지에서 조선 반도를 굽어보시면 모든 골 안 모든 마을의 조선인민들을 도우셨으며 축지법을 비롯한 전신술, 장신술, 영신술을 마음대로 쓰시고 솔방울로 착탄을 만드시고 모래알로 쌀을 만드시며 가랑잎 한 장을 띄우고 대하를 건너가셨다."

출처 : 『김일성 전설집』

그래도 김일성은 장백산 일원에서 독립 투쟁을 하면서 공을 세워 미화한 것은 어느 정도 인정할 수 있지만 김정일을 신격화한 점은 실소를 자아내게 한다.

김정일의 탄생 신화

1942년 2월 16일. 하늘에서 열여섯의 신선이 백두산 밀영지구에 내려와 흰 눈 위에 무릎을 꿇고 귀틀집을 향해 큰 절을 하고 일어나 "이 나라에 대통운이 든 것을 축하 하나이다."라고 말한 후 일제히 나팔을 부니 하늘에는 전에 없던 커다란 별이 하나 솟아 밝은 빛을 뿌리고 귀틀집도 금빛 광채를 뿌렸다고 한다.

출처 : 『백두광명성 전설집』

누가 일본을 암흑세계로 만들었나?

위대한 령도자 김정일 원수님께서는 어린 시절에 어머님과 함께 어느 한 소학교를 찾으시었습니다. 위대한 원수님께서는 교실에 들리시어 지구의를 보시었습니다. 그런데 지구의에는 조선과 일본이 다 같이 빨간색으로 되어 있었습니다. 이것은 일제 놈들이 조선도 제 놈들의 땅이라는 뜻에서 그렇게 한 것입니다. 조선이 어떻게 일제 놈들의 땅이란 말입니까?

위대한 원수님께서는 분한 마음을 참을 수 없으시었습니다.

그래서 먹으로 일본 땅을 새까맣게 칠해 놓으시었습니다. 그랬더니 이날 일본 땅에는 정말 놀라운 일이 생겼습니다. 갑자기 온 일본 땅이 새까맣게 어두워졌습니다. 그리고 번개가 치고 우레가 울며 오래 동안 세찬 소낙비가 쏟아졌습니다.

이때부터 사람들은 위대한 령도자 김정일 원수님께서는 하늘과 땅도 마음대로 움직이시는 재주를 지니고 계신다고 말하였습니다.

출처 : 『국어』(소학교 제1학년용)

천하제일의 풍경

내가 주말에 즐겨 찾는 곳은 모란봉 청류벽 벼랑에 서 있는 청류정과 부벽루 옆에 있는 연관정이다. 연관정에서 바라보면 청류벽을 감돌면서 내려오는 푸른 물을 볼 수 있다. 조금 더 가면 부벽루가 있다. 부벽루의 원래 이름은 영명루였는데 그 모습이 대동강의 푸른 물결 위에 떠 있는 듯해 부벽루라고 한다.

대동강과 누각의 아름다움을 예찬하는 시도 여러 개가 있다.

관서별곡(關西別曲) 중에서

감송정(感松亭) 돌아들어 대동강 바라보니
십리에 뻗은 물빛과 만 겹 안개 속의 버들이 상하에 어리었다

봄바람이 헌사하여 화선(畵船)을 비껴 보니
녹의홍상(綠衣紅裳) 비껴 앉아 섬섬옥수(纖纖玉手)로 거문고를
뜯으며
호치단순(晧齒丹脣)으로 채련곡을 부르니
태을진인(太乙眞人)이 연엽주(蓮葉舟) 타고 옥하수(玉河水)로 내
리는 듯
설마라 나랏일에 소홀할 수 없다 한들 풍경에 어이하리
연광정 돌아들어 부벽루에 올라가니
능라도 방초와 금수산 연하는 봄빛을 자랑한다

그러나 대동강과 부벽루는 마냥 즐거움만 주지 않았다.

한 많은 대동강아! 부벽루야 을밀대야!
한 많은 대동강아
변함없이 잘 있느냐
모란봉아 을밀대야
네 모양이 그립구나
철조망이 가로막혀
다시 만날 그때까지
아 소식을 물어본다
한 많은 대동강아
대동강 부벽루야
변함없이 잘 있느냐

귀에 익은 수심가를

다시 한번 불러 본다

편지 한 장 전할 길이

이다지도 없을쏘냐

아 썼다가 찢어 버린

한 많은 대동강

〈한 많은 대동강〉은 나의 아버지뿐만 아니라 중국 동북 지방에 살고 있는 나이 드신 어른들이 즐겨 부르는 노래이다. 나의 선친이 이 노래를 즐겨 부른 이유는 고국을 그리는 한이 담겼기 때문이다. 돌이켜보면 1945년 8월 15일 해방을 맞아 귀국길에 올랐지만 사정이 여의치 못해 압록강을 눈앞에 두고도 건너지 못해 귀국을 포기할 수밖에 없어 탄식을 하면서 눈물을 머금고 부른 망향가였다. 오늘도 연관정에 오르니 망향가를 부르던 선친의 모습이 스치면서 그리움이 더없이 가슴에 와닿는다.

월향동, 아! 계월향

주말에 특별한 일이 없으면 모란봉에 오른다. 기숙사에서 모란봉으로 가려면 몇 개의 길이 있다. 그중에서 내가 자주 가는 길은 안상택 거리와 월향동을 지나는 코스이다. 안상택 거리는 부유층이 많이 살아 집들이 호화스럽고 거리가 조용해 사색을 하면서 걸을 수 있고 월향동 거리는 월향 가게, 월향 미용실, 월향 남새점 등 '월향'이라는 상호가 어쩐지 마음에 들어 좋다.

처음에 이곳을 지날 때는 월향이라는 동네 이름이 참 좋구나, 라고 생각했다. 그런데 월향이라는 이름의 유래를 알고부터는 그 거리가 더 마음에 들어 그 이후 모란봉으로 갈 때는 반드시 월향동을 거쳐 간다.

월향동의 명칭은 임진왜란 시기에 평양 기생이었던 계월향에서 유래되었다고 한다.

1592년 임진왜란 시 일본군 제1군 사령관인 고니시 유키나가 부대는 5월 28일 부산포로 점령한 지 2개월 만인 7월 21일, 평양성으로 들어와 이튿날인 7월 22일에 평양성을 점령한다. 왜병이 갑작스럽게 들이닥치자 성 안에 있던 사람들 중 많은 사람들이 성을 빠져나오지 못했다. 그중에는 미모의 평양 기생 계월향도 있었다. 왜병들은 승리의 축하연을 즐기며 여인들을 겁탈했다.

제1군 사령관 고니시 부대의 부장인 '나이또 조단'은 한눈에 계월향에게 반한다. 월향은 주변의 여인들이 겁탈 당하는 것을 보면서 참을 수 없는 분노를 느끼지만 달리 저지할 방법이 없었고 그녀 자신도 그의 요구를 피할 수 없었다. 그녀는 내심 '좋다. 기다리자. 기회가 되면 처절하게 내가 네놈에게 복수하겠다.'고 다짐하면서 그의 환심을 산다.

한편 성 밖에서 진을 치고 있던 조선군 지휘부는 성 안의 병력 배치 상황을 알아보기 위해 정보에 능했던 김응서 장군을 보내기로 했지만 굳게 닫힌 보통문을 열 수가 없었다.

그는 성 안에 있는 계월향과 내통해 성 안으로 들어갈 계획을 세운다. 계월향은 조단에게 하나밖에 없는 오빠를 만나게 해 달라고 애원을 해 김응서 장군이 성 안으로 들어 올 수 있게 한다. 그다음 단계는 복수였다. 그녀는 조단에게 연거푸 술을 권한 후 잠들게 했다. 그가 깊이 잠든 틈을 타 김응서 장군은 그의 목을 베고는 그들은 성 밖으로 탈출한다. 부장의 목이 베어진 것을 알고는 일본군 진영에서는 난리가 났고 그들을 추적하자 김 장군은 탈출할 수 있었지만 계월향은 붙잡힐 위기에 처했다. 이때 그녀는 가슴에 숨긴 칼을 꺼내 스스로 배를 자른다.

연광정(練光亭) 옆에는 계월향 비(碑)가 있으며 만해 한용운이 쓴, 계월향에게 바치는 시비도 있다.

계월향에게

만해 한용운

계월향이여, 그대는 아리따웁고 무서운 최후의 미소를
거두지 아니한 채로 대지(大地)의 침대에 잠들었습니다
나는 그대의 다정(多情)을 슬퍼하고 그대의 무정(無情)을 사랑합니다

대동강에 낚시질하는 사람은 그대의 노래를 듣고 모란봉에
밤놀이하는 사람은 그대의 얼굴을 봅니다

아이들은 그대의 산 이름을 외우고 시인은

그대의 죽은 그림자를 노래합니다

사람은 반드시 다하지 못한 한(恨)을 끼치고 가게 되는 것이다

그대는 남은 한이 있는가 없는가, 있다면 그 한은 무엇인가

그대는 하고 싶은 말을 하지 않습니다

그대의 붉은 한(恨)은 현란한 저녁놀이 되어서 하늘 길을

가로막고 황량한 떨어지는 날을 돌이키고자 합니다

그대의 푸른 근심은 드리고 드린 버들실이 되어서

꽃다운 무리를 뒤에 두고 운명의 길을 떠나는 저문

봄을 잡아매려 합니다

나는 황금의 소반에 아침볕을 받치고 매화(梅花) 가지에

새봄을 걸어서 그대의 잠자는 결에 가만히 놓아 드리겠습니다

자, 그러면 속하는 하룻밤 더디면 한겨울 사랑하는 계월향이여!

계월향은 충절뿐만 아니라 문학적인 재능도 있어 임을 보내는 안타까운 마음을 담은 시도 남긴다.

송인(送人)

의기(義妓) 계월향

大同江上送情人 楊柳千絲不繫人

含淚眼着含淚眼 斷腸人對斷腸人

대동강상송정인 양류천사불계인

함루안착함루안 단장인대단장인

대동강 위에서 고운 님 이별할 제

천만 가지 실버들로도 우리 님 매어 두지 못해

님과 내 눈물 머금은 채 서로 마주 보고

애달피 울며불며 이별이로다

평양에 있는 귀신문의 실체는? 보통문

임진왜란 시 평양성을 되찾기까지는 계월향처럼 자신의 목숨까지 바친 구국의 여성뿐만 아니라 보통강가에 있는 보통문도 큰 기여를 했다고 한다.

보통문

이 문은 왜적이 전투를 나갔다가 들어올 경우에는 열리지 않았지만 의병들이 접근하면 쉽게 열리고 닫혔다고 한다. 왜구가 패배를 하고 퇴각할 때에 불을 질러 온 시가지가 불탔지만, 이 문은 타지 않고 그대로 남아 있어 신문(神門)이라고 불렸다.

6.25전쟁 중에도 이 문에 기적 같은 일이 일어났다. 미 공군 B-52 폭격기는 평양 상공을 제집 드나들 듯하면서 평양 시내에 있는 모든 건물에 무차별적으로 폭탄을 투하했다. 당시의 동경에 있는 극동사령부의 보고에 의하면 평양 시내에는 2층 이상의 건물은 한 채도 남아 있지 않아 더 이상 표적물이 없었다고 한다. 그런 엄청난 폭격에도 보통문은 신문답게 화를 면했다고 한다.

여행

1. 박연폭포

조선 최고의 음유 시인 황진이를 만나다

이번 여행 코스는 평소에 가 보고 싶었던 박연폭포와 개성에다가 판문점까지 포함된 여정이다.

박연폭포에서는 조선의 최고 음유 시인 황진이의 넋을 느낄 수 있고 고려 500년의 도읍지인 개성에서는 당시의 유적지와 유물을 볼 수 있을 것이다.

개성에 앞서 먼저 들린 곳은 박연폭포이다. 이 폭포는 금강산의 구룡폭포, 설악산의 대승폭포와 함께 조선에서는 가장 크고 아름답다고 한다. 주차장을 지나 박연폭포를 향할 때 폭포에 닫기도 전에 시원하게 쏟아지는 폭포 소리가 유난히 크게 들렸다.

7월의 무더위가 기승을 부려 땀이 비 오듯 해 서둘러 폭포에 이르렀다. 시원한 물줄기와 숲으로 에워싸인 박연은 최고의 피서지임에도 아무도 없었다. 역시 우리가 온다는 사실을 알고는 주민의 출입을 금지시킨 듯해 마음이 편치 못했다. 그렇지만 아름다운 폭포를 두고 그냥 지나칠 수 없지 않는가!

500여 년 전에 황진이가 앉았을지도 모르는 바위에 앉아 바위를 술잔으로 폭포수를 술로 삼아 황진이에 취해 본다. 쏟아지는 폭포소리, 산들거리는 바람 소리, 창공을 나는 새소리는 미완의 교향곡을 만들었다.

자연이 만든 교향곡을 들으면서 그녀의 시 〈박연폭포〉를 다시 한 번 되 씹어 본다.

박연폭포

황진이

한 줄기 긴 하늘이 골짜기에서 품어 나와

폭포수 백길 물이 쏟아져 나오네

나는 샘이 거꾸로 쏟아져 은하수 같고

성난 폭포는 가로로 드리워 완전히 흰 무지개네

어지러운 우박과 날뛰던 번개가 골짜기에 가득하고

부서진 구슬과 옥이 맑은 하늘에 맑네

나그네야, 여산이 낫다고 말하지 말라

모름지기 천마산이 해동에서 으뜸인 것을

여기서 어찌 개성의 최고의 군자로 통하는 벽계수를 유혹하는 시 〈청산리 벽계수야〉를 뺄 수 있겠는가?

청산리 벽계수야 수이 감을 자랑 마라

일도 창해하면 다시 오기 어려우니

명월이 만공산 할 제 쉬어감이 어떠하리

황진이는 30세 전후의 젊은 나이로 요절한다. 그 후 임제가 평안 부사로 부임해 가는 중에 그녀의 무덤을 지나면서 술잔을 올리고 한 수의 시를 읊는다.

> 청초 우거진 골에 자는다 누었는다
> 홍안은 어디 두고 백골만 묻혔는다
> 잔 잡아 권할 이 없으니 그를 슬허 하노라

황진이는 거품처럼 사라진 지 오래지만 박연폭포는 쉴 새 없이 또 다른 포말을 만든다. 자연은 생명을 만들고 생명은 일정한 역할을 다하면 사라지는 것이 자연의 진리일진대 내 자신의 포말도 언젠가는 사라지겠지.

개성

5백 년 도읍지를 필마로 돌아보니 5,000년의 유구한 역사와 찬란한 문화를 가진 한족은 그들이야말로 세계의 중심이라고 믿으며 중화사상을 자랑스럽게 생각한다.

나는 중국에서 태어나 한족들과 함께 살아오면서 한 번도 조선족이라는 자긍심을 잊은 적이 없다. 우리도 그들과 마찬가지로 5,000년의 역사를 가진 민족이며 문명이나 문화사적으로 그들에게 뒤질 것이 하나도 없다.

우리와 국경을 마주하면서 우리 민족을 괴롭힌 만주족도 문자가 없어 그 명맥도 유지되기 힘들 정도로 쇠약해진 반면, 우리 민족은 고유의 문자도 있고 세계 12위권의 경제 강국이 아닌가. 장구한 역사와 찬란한 문화를 가진 민족의 후예로서 조선족이면 누구든 간에 고궁의 역사와 문화에 관심이 많다.

나 또한 어릴 적부터 이런 분위기에 살아 온 탓에 언젠가는 고국에 가서 역사의 현장을 다니면서 체험을 하고 싶었다. 그중에서 가장 가고 싶은 곳은 1,000년 역사가 서려 있는 신라의 고도 경주와 고려 500년의 도읍지 개성(송악)과 그리고 이조 500년의 숨결을 간직한 한양(서울)이다.

우리가 탄 차는 송악산을 지나 개성 시내로 접어들자 가슴이 벅차고 여러 가지 생각이 교차했다. 고려의 몰락, 공민왕과 기황후, 정몽주와 이방원, 선죽교 등의 과거사에서부터 판문점, 휴전회담 등 현대사에 이르기까지 이 도시가 가진 아픔의 이미지가 떠올랐다.

차는 벌써 시내 중심가를 지나고 있었다. 차창 밖으로 보이는 모습은 도무지 믿어지지 않을 지경이었다. 6층~8층의 아파트와 집들이 눈에 띄지만 모두가 흉물스럽게 보였고 활기라곤 없었다.

길거리를 지나는 사람들도 어깨가 처진 채 걷는 모습을 보니 며칠째 굶

개성 영화관

은 듯했다. 화려했던 과거의 모습은 어디에서도 찾을 수가 없었고 모든 것이 역사의 뒤안길로 사라진 듯했다.

어느 나라든 왕조의 역사가 길든 짧든 간에 왕이 정사를 보면서 통치를 했던 공간은 남아 있지 않는가. 500년 역사를 가진 고려 왕국도 왕궁과 함께 많은 유적지가 있을 텐데 어찌된 영문인지 도통 보이지 않았다.

나는 그 답을 선죽교를 봄으로써 알게 되었다.

선죽교에서 본 고려의 멸망사

선죽교에 이르자 해설사는 "우리 조선은 고려 말기에 민심이 어수선하고 나라의 존망과 사회 기강이 해이하고 크나큰 위기에 직면해 이대로 두면 나라가 망할 수도 있다는 우려가 팽배했던 시기로 뜻 있는 관료와 사대부들은 망하는 것을 볼 수 없었지요. 이 과정에서 정몽주와 길재를 비롯한 몇몇 충신들은 개혁을 통해서 왕조 계승을 지지한 반면에 이성계, 정도전을 비롯한 신진 개혁 세력들은 차제에 왕조를 무너뜨리고 새로운 왕조의 필요성을 재기해 두 세력 간에 차이가 있었습네다. 서로 간에 의견의 차이를 해소하지 못하자 왕조 계승 옹호론자인 정몽주와 신진사대부 개혁파인 이방원은 시로써 서로의 의중을 떠 보았디요. 이 시가 바로 「단심가」와 「하여가」입네다."라고 했다.

단심가(丹心歌)

포은 정몽주

此身死了死了(차신사료사료)

一百番更死了(일백번갱사료)

白骨爲塵土(백골위진토)

魂魄有也無(혼백유야무)

向主一片丹心(향주일편단심)

寧有改理與之(영유개리여지)

이 몸이 죽고 죽어 일백 번 고쳐 죽어

백골이 진토 되어 넋이라도 있고 없고

임 향한 일편단심이야 가실 줄이 있으랴

하여가

이방원

이런들 어떠하리 저런 들 어떠하리

만수산 드렁칡이 얽혀진들 어떠하리

우리도 이같이 얽혀 백 년까지 누려 보세

　이때 이성계의 아들 이방원은 정몽주가 신왕조 수립에 끝내 참석하지 않을 것이라 판단해 그를 제거하기로 계획을 세워 D-day를 기다리고 있었다. 그런데 이성계의 형 이원계의 사위가 그 계획을 정몽주에게 귀띔한다. 그 무렵 마침 이성계가 사냥을 가다가 낙마해 병석에 있다는 소식을 듣고 정몽주는 병문안 겸 분위기 파악을 위해 이성계 집으로 갔다. D-day를 언제로 할까 고심 중일 때 정몽주가 병문안을 왔던 것이다. 이방원은 이 찬스를 놓치지 않았다. 정3품이던 조영규와 몇몇의 자객을 보내 선죽교에서 살해한다.

정몽주의 피살 사건은 고려 왕조 종말의 서곡과도 같았다. 정권을 장악한 이성계 일파는 서슬 퍼런 칼날을 휘두르며 고려 왕조 마지막 왕들을 차례로 죽인다. 참극은 여기서 끝나지 않았다. 고려 왕조의 계승을 위해 처절하게 저항하며 지조를 지킨 충신들도 같은 운명에 처해진다.

새 정권이 들어서자 고려의 충신 72명은 개성 인근에 있는 개풍군 광덕산 골짜기로 들어가 부조현이라는 고개 마루에 관복을 벗어 던진

개성 선죽교

채 새 왕조의 부름을 거부하고 조정에서 보내 온 식량마저도 거부한 채 식음을 끊고 저항하자 새 왕조는 두문동에 불을 지르고 72명의 충신을 모두 소사시킴으로서 고려 왕조는 역사의 뒤안길로 접어들었으며 두문불출이란 말도 여기에서 비롯되었다고 한다.

선죽교의 원래 이름은 선지교이지만 정몽주가 이방원이 보낸 자객에 의해서 암살되자 그가 흘린 핏자국 자리에 참대가 솟아나자 그 후 선죽교로 명칭이 바뀌었다. 다리 가운데는 800년이 지난 지금까지도 핏자국이 남아 있었다.

나는 해설사에게 이 자국이 진짜 피인지 물어보고 싶었지만 혹시라도 아니라는 말을 들을까 봐 묻지를 않았다.

선죽교 주변에 솟아 있는 대나무에서 정몽주의 절개를 느낄 수 있었고 1,000년이 넘은 고목에서는 고려의 흥망성쇠를 지켜본 증인과도 같은 느낌을 받았다.

사랑했던 노국공주를 잊지 못한 공민왕, 사드 해결책은 없나?

중국말에 '고려 빵즈'라는 말이 있다. 내가 처음 이 말을 들은 것은 어렸을 때 한족 친구와 고무줄놀이를 할 때였다. 그는 자주 실수를 했고 계속해서 내가 이겼다. 화가 난 친구가 "고려 빵즈, 고려 빵즈!"라고 소리치면서 화를 냈다. 난생 처음 들어 보는 말이라 무슨 뜻인지 몰라 집에 가 아버지에게 물어보았지만 역시 몰랐다.

내가 그 말을 들은 지 수십 년이 지난 요즈음 간혹 이 말을 듣는 경우가 있다. 이 말이 어디서 유래되었는지는 모르지만 우리 조선 민족을 비하하는 표현은 분명했다. 그래서 이 말이 어떻게 해서 유래되었는지를 알아보았다. 이에 관해서 3개의 설이 있었다.

첫째는 삼국 시대 때 생긴 말이라는 설이다. 삼국 시대에 당나라는 3차에 걸쳐 고구려를 침공한다. 이 전쟁 중에 많은 당나라 병사가 포로로 잡혔는데 그때 고구려 병사들은 그들에게 몽둥이로 수없이 때렸다고 한다. 이들이 본국으로 돌아간 후 고구려 하면 빵즈를 생각했고 이는 곧 나쁜 놈이란 뜻으로 쓰였다고 한다.

둘째는 명나라 때 생겼다는 설이다. 조선의 왕이 건륭 황제를 알현 후 자금성에서 베풀어진 연회에 참석했다. 그때 신하가 식사하기 전에 손을 씻도록 물을 떠 왔다. 하지만 조선의 왕은 그 물을 마시기 위해서 가져온 것으로 알고 바로 마셨다. 이를 본 황제는 "그래도 왕이 빨래를 하는 세숫대야에 있는 물을 마시다니 빨랫방망이 같구나!"라고 했다고 한다. 황제의 이 말은 장안에 퍼지게 되었고 이후 빵즈는 무식한 조선인을 뜻하게 되었다.

셋째는 일제시대 때 생겼다는 설이다. 일본이 1931년 9.18사건을 일으킨 후 중국의 동북 3성을 빼앗고 청나라 황실의 마지막 손인 5살짜리 부의를 황제로 앉히고 괴뢰국인 만주국을 세웠다. 황무지나 다름없는 넓은 땅을 개발하기 위해 수전공사(논을 개발하기 위해서 세운 회사)를 만들어 최고 관리자인 CEO는 일본인이 맡고 중간 관리자로 한국인, 말단 노동자로는 중국인을 두어 공사를 운영했다.

이때 중간 관리자인 조선인은 몽둥이를 들고서 일을 게을리하거나 요령을 피우는 중국인 노동자들을 가혹하게 다루었다. 그때부터 중국인은 중간 관리자인 조선인을 더 두려워하게 되었고 이후 조선인은 꼴도 보기 싫은 무서운 놈들이란 뜻으로 쓰이게 되었다고 한다.

필자가 즐겨 찾는 중앙 대가에 있는 한국관과 신고려, 신라, 한류 열풍 등의 한국 식당은 요즘 거의 개점휴업 상태다. 한국도 중국인 관광객이 급감해 호텔, 식당, 여행사 등 관광업이 불황에 시달리고 L사 등 중국에 진출한 백화점도 거의 문을 닫았다고 한다. 현재 진행 중인 사드 문제는 어디를 가든 화제의 중심이 되고 있다.

이 소리를 들을 때마다 나는 평양 유학 시절의 개성 여행을 생각한다. 개성은 옛 고려국의 수도여서 유적이나 유물이 많다. 그중에서도 내가 특별하게 관심을 가졌던 곳은 공민왕과 노국공주의 무덤이다.

고려의 성군이었던 공민왕은 쓰러져 가는 고려 왕조를 재건하고자 개혁을 단행하는 등 여러 가지 조치를 취한다.

그러나 불행하게도 사랑하는 왕비인 노국공주(중국 원나라 왕의 딸)가 출산을 하다가 죽자 슬픔에 빠져 정사를 제대로 돌보지 못해 끝내 고려 왕조는 멸망한다.

오늘날 중국의 동북에는 노국공주의 후손이 살고 있다. 이들이 자신들의 선조 때문에 한 왕조를 바친 이런 역사적인 사실을 알게 된다면 적어도 중국 동북에서는 사드 문제는 쉽사리 해결되지 않을까?

2. 판문점

　선죽교에서 판문점까지 가는 길은 아스팔트로 포장되었지만 여러 곳이 파손되어 차가 많이 덜컹거렸지만 띄엄띄엄 떨어져 있는 농가에서 밭일을 하는 농부들의 모습이 한가로워 보였다. 판문점 가까이에 이르자 구릉지대에 있는 40여 호의 주택은 방치된 채 아무도 살지 않은 듯했다.

　판문점에 도착해 먼저 들린 곳은 정전 회담장이다. 소담한 흰색 목조 건물은 관목과 조화를 이루어 편안한 감을 주었다. 회담장 내로 들어가자 3개의 방이 있었다. 그중 하나는 당시의 회의 상황을 담은 사진과 기록물들이 전시되어 있었고 협정 조인장으로 사용된 방은 더 크고 아늑했으며 책상이나 집기류도 훨씬 고급스러웠다. 회담장 내 의자에 앉아 동족상잔의 비극인 6.25전쟁을 회상해 보았다.

　포성이 울리고 총탄이 빗발치며 천지를 진동하는 폭음과 더불어 온 주변이 불바다가 된다. 흙 폭풍 속으로 파편이 날아가고 살아남기 위해 이리 뛰고 저리 뛰는 병사들, 살려 달라는 비명소리, 연이어 터지는 폭음은 천지를 진동시킨다. 팔다리를 잃은 병사는 선혈이 낭자한 채 마지막 거친 숨을 쉰다. 살기 위해선 적을 죽여야만 하는 것이 전쟁터이다. 전쟁의 결과는 참혹하고 그 결과를 누구나 예측할 수 없다.

　그런데도 불구하고 인간은 왜 전쟁을 할까?

　72년 전에 일어났던 전쟁의 결과는 무엇을 남겼나?

150여만 명의 사망자와 200만 명이 넘는 부상자 등의 인적 피해와 전국토의 절반이 황폐화되는 엄청난 재앙뿐이다.

그런데도 휴전 조인식이 있었던 당일까지도 한 치의 땅이라도 더 차지하기 위해 무수히 많은 생명이 희생되었다니 참으로 서글프다.

사투를 벌였던 그 땅도 38선이 휴전선이란 이름으로 바뀐 것에 불과할 뿐인데 형제간에 서로 가슴에 총부리를 겨누며 용렬하게 싸웠던 이 비극은 상처만 남겼지 달라진 것은 아무것도 없다.

38선이나 휴전선은 50보, 100보에 불과한데 그 명칭 하나 바꾸기 위해 너 죽고 나 살자 식의 사투를 벌였단 말인가! 생각할수록 억울하고 분통이 터졌다.

전쟁의 상흔은 200만 명 조선족 동포에게도 남아 있다. 전쟁이 일어났을 때 항미 원조란 명분으로 미군을 타도하기 위해 수많은 젊은이들이 참전했지만 동족인 한국군을 훨씬 더 많이 죽이고 죽임을 당했을 것이다.

우리의 조부모 세대는 1992년 한·중 수교 전까지 40여 년간 이산의 한을 간직한 채 죽는 순간까지 고국의 부모, 형제를 그리며 살아왔다. 송화강과 목단강에는 봄, 여름, 가을, 겨울 없이 조선족들의 울음이 그칠 날이 없었다. 살아서는 고국에 돌아갈 수 없어 사후에 화장을 해 유골을 뿌리면 강물을 따라 흘러 동해 바다로 가 그리운 고국 부모 형제를 만날 수 있다는 간절한 소망 때문에 우리 조선족은 일찍부터 화장을 했다.

생각할수록 억울하고 분통이 터져 밖으로 나오자 태극기와 인공기가 휘날렸다.

아! 5000년의 유구한 역사를 가진 내 조국이 오늘날 왜 두 개의 국기를 가져야 하나!

3. 금강산 여행

신라의 1,000년 사적이 남아 있는 비로봉

중국 송나라 때 유명한 정치가이자 시인인 소동파는 "願生高麗國 一見 金剛山(원생고려국 일견금강산, 고려국에 태어나 금강산을 한 번 보는 게 내 소원이다)"라고 할 정도로 금강산의 아름다움을 예찬했다. '금강산이 과연 얼마나 아름답기에 중국의 대문호조차도 그렇게 표현했을까?'라는 의구심도 들어 중국으로 돌아가기 전에 언젠가는 가려고 하던 차 마침 외 사처로부터 9월 중순경에 금강산 관광이 있다는 사실을 알고는 가슴이 설 레어 밤잠을 설칠 정도였다.

금강산

숙소를 출발한 버스가 100여 굽이도 넘는 도로를 따라 온정령을 오를 때 해설사는 이 순간을 놓치면 평생을 두고 후회할 것이라며 한순간도 눈을 팔지 말라고 했다. 아니나 다를까 기암들이 차례를 기다리듯 하나하나씩 나타났다.

금강산

세 개의 바위 봉우리로 된 삼선암은 하늘을 찌를 듯했고 그 옆에는 독선암과 귀면암이다. 귀면암은 그 모습이 귀신의 얼굴 같이 보여서 붙여진 이름이라고 한다. 계속 오르자 기묘한 모습의 바위들이 이어졌다. 콩단 위에 올라 있는 메뚜기 모양의 메뚜기 바위, 아이를 업고 남편을 기다리는 여인 바위, 가마뚜껑 모습의 가마뚜껑 바위, 7층 건물과 닮은 7층암, 나무꾼 총각 바위, 부리를 맞대고 사랑을 속삭이는 원앙새 바위 등 각각 바위에 깃든 전설을 들으니 바위들의 삶도 속세의 인간 세계나 진배없어 보인다.

금강산의 최고봉인 비로봉을 보기 위해서는 비로봉 구역으로 가야 한다. 그러나 시간상 어쩔 수 없이 여기서 발길을 돌려야 했다.

해설사도 시간이 있다면 우리를 비로봉 구역으로 안내해 비로봉도 보여 주고 마의태자 묘도 보여 주려고 했지만 그럴 수 없어 아쉬워했다. 그러자 후배가 마의태자면 삼베 태자라는 뜻인데 이렇게 높고 깊은 심산에 마의와 태자가 무슨 관련이 있느냐고 묻자, 그는 후삼국 시대의 사회 상황과 태자가 이곳 금강산으로 들어와 삼베옷을 입게 된 경위를 설명했다.

지금으로부터 1,100여 년 전 조선 반도는 신라, 후백제, 고려 3국으로 나누어져 있었고 3국은 패권을 두고 경쟁 중이었다. 신라는 제55대 경애왕이 후백제 왕인 견훤의 압박으로 자결해 나라가 어수선한 상태였고 고려와 후백제는 대결 중이었다. 한동안 두 나라는 전쟁을 지속하면서도 어느 한쪽이 일방적으로 우세하지 못한 채 각축전을 벌이고 있었다. 이 와중에 935년 후백제에서 반란이 일어나 신검이 새로운 왕이 되고 후백제를 건국한 견훤이 금산사에 유폐되었다가 탈출해 고려에 귀의하는 사태가 발생해 후백제가 위기에 처함으로써 고려의 왕건이 사실상 후삼국을 통일할 가능성이 확실해졌다. 이러한 정국의 흐름 속에서 신라의 임금이었던 경순왕은 군신 회의를 소집하여 고려에 항복하는 것이 백성을 구하는 길이라고 뜻을 밝히자 태자는 이를 극력하게 반대했다. 그럼에도 경순왕이 고려에 항복하고 개경으로 떠나가자 그는 동생과 함께 이곳으로 들어와 바위 아래에 집을 짓고 삼베옷을 입고 풀잎과 나무껍질만 먹으며 살다가 생을 마감했다.

금강산 계곡

하산 길에 한 한족 후배가 금강산의 빼어난 경치도 좋지만 기껏해야 200~300년에 지나지 않는 중국 왕조에 비해 신라 왕조가 1,000년, 고려 왕조가 500년이나 지속된 사실에 놀라워했다.

지난번 묘향산 여행 시에는 보현사가 6.25전쟁 중 폭격을 받아 원래 건물은 소실되어 옛 모습을 볼 수 없어 실망스러웠지만 이번 금강산 여행은 조국의 아름다운 자연을 만끽했을 뿐만 아니라, 한족 후배들이 우리 역사를 높이 평가해 주어 더없이 즐거운 여행이었다.

해설사는 "옛 성현들이 금강산의 장엄한 모습에 취해 남긴 금강산 한자 시선이 작년에 출간되었다고 하면서 여러분은 한문이 모국어라 많은 도움이 될 것이다."라며 추천했다. 그중에서 몇 편의 시를 골라 보았다.

비로봉에 올라서(登毗盧峯)

율곡

曳杖陟崔嵬 지팡이 끌고서 산꼭대기에 오르니,
長風四面來 큰 바람 사방에서 불어오네
靑天頭上帽 푸른 하늘은 머리 위의 모자요,
碧海掌中杯 파란 바다는 손바닥의 술잔이네

구룡연(九龍淵)

최치원

千丈白練 천 길 흰 비단 드리웠나
万斛眞珠 만 섬 진주알 뿌리였나

만폭동(萬瀑洞)

김시습

萬瀑飛空漱玉花 만 갈래 폭포 흩날리며 구슬꽃 뿌리는데
兩岸薜蘿相騰挐 양쪽 기슭에선 담쟁이넝쿨 서로 얽혀 날아오를 듯

明珠萬斛天不慳 하늘은 몇만 섬 진주도 아끼지 않고
散此雲錦屛風間 흩어지는 구름 비단병풍 틈에 새어드네

快笑仰看雙石碕 내 크게 웃으며 두 개의 돌바위 쳐다볼 제

一洗十年紅塵蹤 십 년 동안 묵은 번뇌 단번에 씻겨지누나

얼마나 아름답기에 신선이 3일간이나 머물렀지?

오늘의 일정은 삼일포를 둘러보는 것이다. 삼일포라는 명칭은 삼일포의 경관이 너무 아름다워 신선이 3일간 놀다가 간 곳이라 하여 붙여진 이름이라고 한다. 이 포구는 원래는 바다이었는데 모래 언덕이 생기면서 호수가 되었다고 한다.

푸른 소나무에 에워싸인 이 호수는 백두산의 삼지연, 통천의 사중호와 함께 조선의 3대 호수 중의 하나이며 수심은 13m 정도라고 한다.

호수에서 가장 큰 섬인 와우섬 앞에는 물결도 잔잔하고 수심도 깊어 노를 저으며 망중한을 즐기는 사람도 보인다. 푸른 소나무 사이로 남쪽 멀리서 파도가 넘실대고 있었다.

저 파도를 타고 조금 더 가면 한국 땅이 아닌가!

동해의 바닷물이 양쪽을 자유롭게 드나들 듯 우리 동포들도 자유롭게 왕래가 있었으면 얼마나 좋을까!

삼일포(三日浦)

류사규

一區風景接蓬 이 고장 황홀풍경 선경에 잇닿은 듯

雨後青山作畵屏 비 멎은 푸른 산 그림병풍 이루었네

遺却塵緣機事靜 속세인연 잊은 듯 모든 것이 조용한데
等閑鷗鷺浴苔汀 해오라기 갈매기들 물가에서 헤엄치네

海天春雨報新晴 바닷가에 내린 봄비 맑고도 신선한데
滿月雲烟簇小亭 구름 속의 보름달 작은 정자에 비쳐드네

短艇閑遊淸鏡裏 배우에 몸을 싣고 맑은 물을 저어 볼까
夕陽沙際一痕明 노을 비낀 모래불에 내 발자국 또렷해라
(모래불: 모래부리의 북한어, 모래가 쌓여 형성된 해안 퇴적 지형)

4. 묘향산

청천강을 지나면서

평양을 출발한 고속버스는 향산행 고속도로에 접어들자 북쪽을 향해서 속도를 내기 시작했다. 묘향산까지는 160km로 2시간 소요되어 12시경에는 도착할 수 있다고 한다.

북쪽 여행은 처음이라 호기심을 갖고 주변을 살폈지만 보이는 것은 산야와 이따금씩 지나가는 피골이 상접한 행인과 소달구지를 끌고 가는 농부뿐이었다.

청천강 다리

평양을 출발한 지 1시간 반이 지날 무렵 맑고 푸른 강이 도로를 따라 계속 이어졌다. 바로 청천강이었다.

먼 옛날 수나라 군이 침입하자 을지문덕 장군이 바로 이곳에서 100만 대군을 섬멸시킨, 고국을 구해 준 고마운 강이 아닌가!

강 건너편 넓은 벌판에 벼가 익어 가고 있는 것을 보니 청천강은 나라를 구한 구국의 강이기도 하지만 이곳 사람들을 먹여 살리는 젖줄과도 같다.

묘향산 가는 길

평양을 출발한 지 2시간 만에 드디어 목적지 묘향산 보현사에 도착했다.

보현사에 앞서 먼저 들린 곳은 국제친선관람관이다. 국제친선관람관은 2채의 한옥 건물을 갖고 있었다. 하나는 김일성관이고 나머지 하나는 김정일관인데, 김일성관 안에는 김일성이 50년 동안 외국 지도자들로부터 받은 선물로 가득했다. 그 선물 중엔 6.25전쟁 시에 러시아의 스탈린이 선물한 방탄차도 있었다. 옆 동 김정일관에도 5만 여점의 선물이 전시되고

묘향산 보현사 충의문

있었다. 국제친선관람관을 보고 난 후 보현사로 향했다.

　보현사는 창건된 지 1000년이 넘는 고찰로 조선의 5대 명찰중 하나라고
한다. 이 사찰이 유명하게 된 것은 고려시대에 거란족의 침입을 불력으로
막기 위해 만든 팔만대장경을 보전하는 보전고가 있고 임진왜란 중에는
1,500명의 승병을 이끌고 평양성을 탈환하는 데 공을 세운 서산대사와 전
란 후 일본으로 끌려 간 3천5백 명의 포로를 귀환시킨 그의 제자 사명대
사 등의 걸출한 고승들이 수행했던 대가람이기 때문이란다.

　그러나 불행하게도 이 대가람은 6.25전쟁 중에 대웅전과 만세루 등 거
의 모든 건물이 소실되거나 파괴되었고 9층탑과 13층도 부분적으로 파괴
되었다고 한다. 그나마 관음전은 산 밑에 있어 피해를 면할 수 있었고 국
보급 문화재인 팔만대장경은 이 산 뒤 비로봉에 있는 금강암으로 옮겨져
전화를 피할 수 있었다고 한다.

묘향산 보현사 팔만대장경 보관고

묘향산 보현사 9층 석탑

묘향산 보현사 13층 석탑

폭격으로 파손된 9층 석탑과 13층 석탑은 1962년에 복구되었고 대웅전 등 전각은 1976년에 복원되었지만 복원 시 재배치해 옛 모습과 상당히 다르다고 해 아쉬웠다.

대웅전과 서산대사의 영정이 모셔진 수충사를 본 후 바로 옆에 있는 팔만대장경 보관고로 갔다. 1,000년 전에 불력으로 외세를 물리치기 위해 8만 자나 되는 대장경을 만든 선조들의 의지에 놀라지 않을 수 없었다.

대웅전 법당에 앉아 딸을 위해서 기도를 했지만 어렸을 때 함께 살았던 고향 어르신들 생각에 마음이 산란했다.

1950년 우리 마을에도 동네 어르신 몇 분이 항미원조란 명분으로 6.25 전쟁에 참전했다. 그들 중 한 명은 나의 친척 어른과 결혼해 딸을 둔 기혼자였지만 이곳과 인접한 청천강 유역에서 미군과 전투 중 전사했다.

보현사에 상흔이 남아 있듯 나의 친척 역시 그 상처를 지닌 채 살고 있다. 전쟁의 상처는 일시적이 아니고 후대까지 영향을 끼친다. 그런데도

묘향산 보현사 해탈문

불구하고 70여 년 전 같은 형제끼리 왜 서로에게 총을 겨누어야 했을까!

산문 밖을 나서자 서산대사의 〈해탈송〉이 가슴 속에 맴돌았다.

'삶이란 한 조각구름이 일어남이요, 죽음은 한 조각구름이 사라짐이라. 구름은 본시 실체가 없는 것. 죽고 사는 모두가 그와 같은 것을….'

스승을 다시 만나다

2009년 늦가을 단동의 날씨는 서늘했다. 나는 약속된 장소인 단동역 역사 대합실로 갔다. 3년 만에 만난 스승은 65세의 나이에 비해 퍽 늙어 보였다.

한 달 전 딸의 혼사를 앞둔 교수님으로부터 연락이 왔다. 아무리 생각해도 그냥 있을 수 없었다. 『조선노동신문』 기자로 근무하던 교수님의 남편이 몇 해 전에 지병으로 돌아가셔서 혼자서 혼사를 치르기에는 벅찰 것 같아 부담을 조금이나마 덜어 주기 위해 남편과 상의 후 TV와 냉장고 등 혼수 용품을 마련했다.

오랜만에 만났으니 밖으로 나가 식사를 대접하고 싶었지만 나올 수 없는 사정이라 9시 35분에 출발하는 평양행 국제 열차 승차권과 간단한 간식만 사 드리고 헤어지려니 마음이 짠했다.

멀리 단동까지 왔으니 주변의 명소를 둘러보고 싶었다. 먼저 가 보고 싶은 곳은 압록강 단교와 위화도였다. 이곳을 선택한 이유는 평양 유학 시 개성으로 갔던 여행 때문이다.

중, 고등학교까지 조선족학교에 다녔지만 특별한 경우가 아니고는 조선의 역사를 배우지 않아 잘 몰랐다. 그러나 개성에서 선죽교와 공민왕

능을 둘러보았을 때 500여 년의 오랜 역사를 가진 고려 왕조가 역사의 뒤안길로 사라지게 된 계기가 바로 이곳 위화도 회군에서 비롯되었다는 사실을 알았고, 동족상잔의 비극인 6.25전쟁에 중공군이 참전하게 된 것도 미군 B-52의 폭격으로 압록강 다리가 폭파되고 그로 인해 인명 피해가 발생했기 때문이었다. 그 현장도 여기까지 온 김에 둘러보고 싶었다.

아침 식사 시간이 훌쩍 넘어 먼저 식사부터 해야 했다. 단동은 조선의 신의주와 다리 하나를 사이에 두어 예부터 양국 간에 왕래가 많아 조선족 타운인 고려가가 있어 그곳 식당가로 갔다.

북한쪽 압록강 단교

내가 살고 있는 하얼빈은 내륙지방이라 해산물 식당이 거의 없기 때문에 요리를 먹고 싶어도 먹을 수 없어 일단 해산물을 전문식당으로 가 주인이 추천한 대로 낙지전골을 먹었다.

식사 후 먼저 가야 할 곳은 압록강 단교였다. 고려가를 나와 300m쯤 남쪽으로 걷자 푸른 압록강이 흘렀다. 강변을 따라 철교로 가는 중간에는 공휴일이라 수많은 인파로 넘쳐 발 디딜 틈이 없을 정도로 관광객들로 넘쳐났다. 사람들이 많은 곳에는 시장이 서는 것이 불변의 진리와도 같지 않는가! 특히 단동과 같은 변계 지역은 예부터 교역이 활발했던 곳이니.

국경 도시답게 먹거리를 제외하고는 상품의 대다수가 조선의 우표, 화폐, 수공목제품, 산삼주, 장구를 치거나 거문고를 켜는 여인의 모습이 담긴 그림 등이었다. 이외에도 치마저고리 등 한복을 파는 옷가게도 많았다. 옷가게 앞에는 옷을 사려는 고객들로 문전성시를 이뤘다. 인파를 헤집고 겨우 매표소에 도착해 표를 구입했다.

압록강에는 '조중 우의교'와 '압록강 단교'가 있다. '조중 우의교'는 현재 사용 중이지만 압록강 단교는 1950년 6.25전쟁 중에 폭파되어 중국 쪽은 그대로 남아 있지만 조선 쪽은 다리발만 남아 있다. 이 다리의 원래 이름은 압록강 다리이지만 파괴된 이후엔 압록강 단교라고 불린다.

압록강 단교에 발을 내딛는 순간 과거의 상념이 불현듯이 밀려왔다. 1945년 8월 15일 해방일은 중국에 살고 있던 조선족에게 꿈에도 잊을 수 없는 날이었다. 관동군이 물러가자 대부분의 사람들은 그동안 살아왔던 삶의 터전을 버리고 고국으로 돌아가기를 원했다. 나의 조부님도 이웃과 마찬가지로 가산을 정리하고 고향 전주로 가기 위해 이곳 단동까지 왔다. 그러나 일본군은 패망할 무렵 중국 동북 지역의 여러 곳에 세균을 살포해 많은 사람이 감염되어 희생당했다. 우리 가족이 이곳에 도착할 무렵까지도 전염병은 계속 창궐 상태였다. 당시 중국 동북의 치안을 담당했던 소련 홍군이 전염병 확산을 막기 위해 압록강교의 통행을 금지시켜 여기서 발걸음을 되돌려야 했다. 그 후 이산가족이 된 우리는 한국인이 아닌 조

평양 조중 우의탑

압록강 단교

선족이라는 타이틀을 지닌 채 살아야 했다.

　몇 발자국을 떼기도 전에 다리 벽에 게시된 1950년도 6월 말 신문이 눈길을 끌었다. '제국주의 공군 우리나라 영공 침입', '단동시에 폭탄 12발 투하 동포 3인 사망'과 같은 기사와 미국의 아이젠하워 대통령, 영국의 처칠 수상, 중국의 모택동, 한국의 이승만과 신성모 국방장관, 정일권 총장, 조선의 김일성, 김책 등 전쟁 주역들의 활동 상황을 다룬 신문 기사를 읽어보니 왜 중국이 6.25전쟁에 참전하게 되었는지 그 이유를 알 것 같다.

　다리의 마지막 지점은 전망대이다. 몇 발자국만 더 가면 조선의 신의주이지만 더 이상 갈 수 없다. 개성에서 본 38선이나 이곳 압록강 단교는 나의 조국 현실을 그대로 드러내고 있다.

　언젠가는 통일이 되어 이 다리를 건너 고향 전주로 자유롭게 통행할 수있는 날이 오기를 기대해 본다.

위화도, 소국이 대국을 치면 안 돼

배는 위화도 쪽으로 기수를 돌렸다. 600여 년 전 고려 군사가 이곳에 주둔할 무렵에는 폭우로 강물이 불어나 강을 건널 수 없었지만 지금은 반대로 수심이 얕아 준설선이 자갈을 한창 파내고 있었다. 배가 섬 가까이에 다가갈수록 나의 눈은 먹이를 찾아 상공을 배회하는 독수리처럼 당시의 흔적을 찾기 위해 두 눈을 부릅떴지만 몇 채의 농가가 옹기종기 있을 뿐 어떠한 흔적도 찾을 수 없었다. 이와는 대조적으로 변방의 시골 작은 마을인데도 '우리 당과 최고 령도자이신'이라는 글귀가 온 마을을 차지하는 듯했다.

배는 섬에 더 가까이 다가가기도 하고 떨어지기도 하면서 주변을 맴돌 때 멀리서 소형 발동선이 우리 배를 향해서 쏜살같이 다가와 두 배가 맞닿았다.

깡마른 체구의 젊은이가 산삼주 100위엔, 사슴술 50위엔, 오리알 20위엔이라고 외치자 상품은 순식간에 동이 날 정도로 잘 팔렸다.

누군가가 "다 팔아 주자!"라고 소리 지르자, 다른 사람도 맞장구치면서 "그렇게 합시다. 말로는 세상에 부러울 것이 없다고 하지만 굶어 죽는 사람이 많으니 하나라도 더 팔아 주는 것이 도리가 아니겠소?"라고 하자 상품은 완전히 동이 났다.

그 젊은이에게 고려군이 주둔했던 위치와 흔적이 남아 있는지를 물었지만, 퉁명스럽게 "먹고살기도 힘든데 무슨 역사 타령이냐."라며 비꼬듯이 말하고는 황급히 사라지자 왠지 뒷맛이 개운치 않았다.

김일성이 장바이산(백두산) 일원에서 항일했던 곳에는 골짜기마다 표지석을 세우는 등 신성시하면서 여기 위화도에는 그 흔한 표지석 하나도 남기지 않고 있으니….

650여 년 전 고려 병사 5만여 명이 진을 쳤을 곳으로 여겨지는 넓은 곳을 보면서 평양 유학 중 개성에 있는 공민왕 무덤을 갔을 때 해설사의 설명을 반추해 보았다.

고려왕은 5만여 명의 군사를 징발하여 요동정벌군을 구성해 조민수와 이성계가 원정군을 이끌고 출정케 하였다. 서경을 떠난 원정군은 19일 후 이곳 위화도(威化島)에 도착했다. 하지만 그해 장마로 강물이 불어나 강을 건너기가 어려워 진군을 여기 어디선가 중단하고 14일간 머물렀다. 이렇게 되자 많은 병사가 이탈하는 등 사정이 여의치 못하자 이성계는 조민수와 상의하여 4불가론 즉 '① 작은 나라가 큰 나라를 치는 것은 옳지 않다, ② 여름철에 군사를 동원하는 것은 옳지 않다, ③ 온 나라의 병사를 동원해 원정을 하면 왜적이 그 허술한 틈을 타서 침범할 염려가 있다, ④ 여름은 무덥고 비가 많이 오는 시기이므로 활의 아교가 풀어지고 병사들도 전염병에 시달릴 염려가 있다.'고 주장하며 요동 정벌을 중단하고 철병할 것을 요구하였다.

그러나 우왕과 최영은 이에 반대를 했을 뿐만 아니라 오히려 빨리 진군하라는 명령을 내렸다. 그러자 이성계와 조민수는 정변(政變)을 모의하고 회군을 결행해 개경을 함락시키고 우왕을 사로잡아 폐위시킨 후 강화도로 유배 보냈다.

이처럼 이성계가 실권을 완전히 장악하게 되면서 조선 왕조가 탄생되는 기초가 되었다고 하니 이곳 위화도야말로 조선왕조의 산실이 아닌가!

위화도 순회를 마치고 돌아갈 때 조선의 국경수비대가 철조망 사이로 순찰 중이었다. 몸집이 왜소해 어깨에 메고 있는 총이 거의 땅바닥에 닿을 정도였다. 동족으로서 보기가 안타깝고 연민의 정을 느끼지 않을 수 없었다.

빛에 취하다

밤이 되자, 단동의 밤거리는 휘황찬란했다. 요란한 음악과 행상들의 외침은 압록강 변을 카오스 상태로 만들었고 압록강 철교의 가로등은 강물에 반사되어 또 하나의 부교가 되어 밤 무지개를 만들었다. 그러나 건너편 신의주는 너무나 대조적이었다. 희미한 불빛 몇 개를 제외하고는 깜깜한 암흑의 세계였다. 그래도 일국의 도청 소재지인데도 초저녁부터 적막

압록강 단교에서 본 신의주

강산과도 같아 빈부 차가 얼마나 심한가를 느낄 수 있었다.

4월 중순이지만 강변은 싸늘했다. 몸도 녹이고 배도 출출해 식당가로 걷고 있을 때 어디선가 조선 노래인 〈휘파람〉이 흘러나왔다. 노래 소리가 나는 곳으로 찾아갔다. 조선 송도원 식당이었다. 먼저 대동강 맥주로 목을 축였다. 안내원은 함경도 앞바다에서만 잡힌다는 두루메기 요리를 추천했다.

요리가 나오기를 기다리는 동안 책꽂이에 있는 잡지를 보니 내용은 천편일률적으로 김일성 부자와 김정은에 관한 기사였고 마지막 장이 눈길을 끌었다. 캐나다 국적의 한국인 임 모 목사가 한국 국정원의 사주를 받고 조선으로 들어와 공화국을 비방하는 중범죄를 저질렀다는 기사가 있었다.

식사가 끝날 무렵 두 노파가 들어왔다. 그들은 앉자마자 손주에 관해서 걱정스럽게 이야기를 주고받았다. 한 노파가 막내 손녀 녀석이 고3인데 한국 드라마에 빠져 통 공부를 하지 않아 속이 상한다고 하자 옆의 친구는 지금은 공부를 못해도 직업이 많아 걱정할 필요가 없다며 위로를 했다.

한국 드라마를 소재로 이야기를 나누자 나도 자연스럽게 그들의 대화에 끼어들었다. 사실 내가 그들과 대화를 하고 싶은 까닭은 압록강 단교에서 본 신문기사에 관한 내용 때문이었다. 나는 그들에게 단도직입적으로 신문기사의 내용을 알고 있는지 물어 보았다. 노파가 대답했다.

"한국 전쟁이 이곳 단동에 끼친 영향은 대단했죠. 아무도 그 실상을 모를 겁니다. 미군 폭격기가 압록강교를 폭파해 다리가 반동강 나 건널 수가 없게 되자 공병대가 바로 부교를 만들었죠. 흔들거리는 부교를 건너 조선 전쟁에 참전하는 병사들이 3년간 끝없이 이어졌죠. 지금 강변에 나가면 귀가

따가울 정도로 시끄러울 거예요. 당시는 이보다 더했어요. 학교 운동장에서 대기조들의 기합소리와 '전진! 전진! 전진! 우리의 대오는 태양으로 향하고…'로 이어지는 〈인민군 해방군가〉를 하루, 이틀도 아니고 3년 내내 들어야 했으니까요. 그것뿐이 아니었소. 몇 달 후엔 신의주를 건너 온 환자들의 신음 소리, 아무튼 그때는 어디에나 소리뿐인 세상이었죠!"

한로 편

두근거리는 가슴을 안고

2017년 5월 16일, 동급생 초렴오와 나는 교수님과 친구들의 배웅을 받으며 학교를 출발했다. 학교 건너편 복장성은 어느 때나 다름없이 사람들로 붐벼, 캐리어를 끌고 인파 사이로 나아가는 것은 쉬운 일은 아니었다. 우리는 서북창청 앞 정류소에서 공항버스를 타고 공항으로 가 수속을 마친 후 북경행 비행기에 몸을 실었다. 구름이 약간 끼었지만 비행기가 이륙하는 데는 이상이 없었다.

동방항공 C-242 여객기가 날개를 한껏 내밀고 창공을 박차고 나가자 하얼빈의 넓은 평원과 평원 사이로 흐르는 송화강이 한눈에 들어왔다. 흑룡강성의 최북단인 만주리에서 남쪽 대련까지 뻗어 있는 대평야는 2천km가 넘는 드넓은 평원이라는 사실은 알았지만 막상 눈으로 보니 그것이 얼마나 넓은지를 실감할 수 있었다. 하얼빈 공항을 출발한 지 2시간쯤 지나 북경 수우두 공항에 도착했다. 북경 공항은 하얼빈 공항과 비교되지 못할 정도로 규모가 크고 인파로 넘쳐났다. 지정된 장소에는 벌써 30여 명의 유학생들이 모여 있었다. 우리는 곧바로 고려 항공기에 탑승했다.

꿈에도 그리던 유학을 가게 되어 이루 형언할 수 없는 행복감을 느꼈지만 또 다른 한편으로는 유학을 갔다 온 선배가 무심코 찍은 사진 한 장 때문에 공안에 잡혀가 한 달이 넘어서야 돌아왔다는 떠올리기도 싫은 교수님의 말씀이 자꾸만 뇌리를 스쳤다.

나는 옆자리에 앉은 렴오에게 무슨 생각을 하는지 묻자 그도 역시 교수님의 말씀이 떠올라 걱정이 된다고 했다. 기내식으로 햄버거와 우유가 나왔지만 솜을 씹는 맛이었다.

고려항공 여객기

북경을 출발한 지 2시간여가 지나자 평양 순안 공항에 도착한다는 기내 방송이 나왔다. 창밖을 내다보니 흰 뭉게구름 사이로 미지의 세계인 평양이 멀리서 보이더니 곧바로 평양 순안 국제공항이라는 조선 글자가 우리를 맞이했다. 한자가 있어야 할 자리에 조선어가 쓰여 있으니 이곳이 외국이라는 것을 실감할 수 있었다.

흰색 저고리와 치마, 들리는 소리는 모두가 조선말뿐, 두 시간의 시차는 나를 어느덧 외국인으로 만들어 버렸다.

입국 심사

우리는 외국인 심사대에서 입국 심사를 기다리고 있었다. 평양 김형직 사범대학에 유학을 갔다 온 선배의 말이 계속 떠올라 가슴이 두근거렸다.

"조선은 입국이 까다로우니 철저히 대비를 해야 한다. 잘못 되어 문제가 생기면 소지품을 압수당하고 입국도 거절당할 수 있다."라고 했다.

하얼빈을 떠나오기 전 노트북과 휴대폰에 저장된 한국과 관련된 드라마나 영화 등을 지웠지만 그래도 가슴이 뛰었다. '큰 죄를 지은 죄인도 아닌데 걱정할 필요 없다.'고 최면을 거는 순간 짐이 무사히 통과되어 안도의 숨을 쉬었다.

문제는 친구 렴오에게 생겼다. 검사원이 렴오의 가방을 열었을 때 나는 깜짝 놀랐다. '중한사전 ○○출판사'라는 글자가 보였다. 한국에서 출판된 사전이 분명해 어떻게 될지 몹시 긴장이 됐다. '과연 어떻게 될까? 사전만 압수당하면 별것 아니지만 이 때문에 입국 금지라도 되면 어쩌지?'라는 생각으로 머리가 혼란스러웠다. 다행스럽게도 아무런 문제를 삼지 않았지만 대신에 컴퓨터를 끄집어내면서 비밀번호를 말하라고 했다. 그녀는 꿀 먹은 벙어리와도 같이 아무런 말도 하지 않았다. 재차 물어 보아도 대답을 않자 그대로 돌려주었다.

순안 공항을 출발한 버스는 학교 기숙사가 아닌 시내의 어느 호텔에 도착했다. 학교 기숙사가 중, 개축 중이라 공사가 끝날 때까지 이 호텔에 머물 것이라고 했다. 호텔은 중국에서 2성급 정도로 고급스럽지는 않았지만 생활하는 데는 별 불편이 없었다. 다만 학교까지 거리가 멀어 매일 스쿨버스를 타고 30분 정도

김일성대학 재학생

통학을 해야 해 약간 불편했지만 TV도 나오고 온수도 나와 만족스러웠다.

첫날 학교로 등교할 때 기분은 마치 결혼을 앞둔 신부와도 같이 기대와 흥분이 교차되었다. 조선 최고의 명문 김일성대학 캠퍼스는 어떤 모습이며, 교정의 분위기는 어떨까? 교수님은 누구며, 어떤 말을 해야 할지 등 모든 것이 궁금했다.

김일성대학 교문 입구에 있는 각종 구호

그러나 학교 입구에 도착했을 때 교문 앞에 붙어 있는 컬러풀한 정치적인 선동 구호가 적힌 게시물을 보았을 때 이곳이 과연 젊은이들이 학문을 갈고 닦는 상아탑인지 궁금하지 않을 수 없었고, 학생들의 복장도 남학생은 검은 바지와 흰 와이셔츠에 넥타이를, 여학생은 흰 저고리에 검은 치마를 입고 있는 모습은 수십 년 전으로 되돌아간 느낌이었다.

김일성대학 정문 옆에서

자명종이 된 방송차

평양 시내를 다니는 차 중에는 특이한 차가 있다. 방송차와 목탄차이다. 방송차는 매일 아침 6시부터 8시까지 거리를 지나면서『노동신문』기사 등 주요한 뉴스를 전한다. 이 방송차가 지나갈 때 시끄러운 확성기 소리에 단잠을 깨기 일쑤여서 짜증스럽고 불만스러웠다. 그러나 시간이 지남에 따라 적응이 되고 나중에는 자명종 역할을 해 숙면을 취할 수 있었다. '그런데 굳이 왜 차를 이용해 신문을 읽어 줄까?'라는 의구심이 생겨 동숙생에게 물어보았다. 신문 요금이 비싸 노동당 간부급이나 부자들만 사 볼 수 있고 일반 시민은 그렇지 못하기 때문이라고 했다. 아울러 그는 『노동신문』을 보거나 읽은 후 김정은 장군님이 나오는 사진이 있는 난은 절대적으로 구기거나 버려서는 안 된다고 몇 번이나 강조했다.

방송차 이외에 또 하나의 차량은 목탄차다. 수십 명의 노동자를 태운 이 차가 지나갈 때는 매연이 쏟아져 눈도 뜰 수 없고 숨도 쉴 수 없을 정도다. 이런 목탄차를 제외하면 다른 차는 대체적으로 깨끗하고 청결해 보인다. 그 이유는 관리자의 손길 때문이기도 하지만 타 도시의 차량이 평양 시내를 들어올 때는 외각 검문소에서 반드시 검문을 받아야 하는데 그 기준이 차량의 청결도라고 한다.

평양이 쇼윈도처럼 보이기 위해서는 어쩔 수 없겠지만 지방 차량이 평양 나들이하기는 쉽지는 않을 것 같다.

김일성대학 학생들의 주된 화제는?

기숙사 보수 공사로 호텔 신세를 졌다가 한 달 만에 새로 단장된 기숙사로 옮겼다. 새 기숙사는 새집 증후군 냄새가 나기는 했지만 안락하고 편안했다. 이런 분위기 덕분에 수업이 끝난 후에는 우리 외국인 유학생과 김일성대학 동숙생 간에 접촉이 잦았다.

이들 동숙생은 몸매도 빼어나고

김일성대학 기숙사 안

얼굴도 예쁘며 출신 성분도 좋아 매사에 자신감이 넘쳤고 조선의 최고 엘리트라는 자부심 또한 대단했다.

그들은 우리 중국인 유학생을 좋아했다. 이들과 우리 중국인 유학생 간의 관계가 원활한 것은 국가 간의 전통적인 우호 관계도 있지만 그보다는 언어 소통 때문이었다. 우리를 제외한 대부분의 유학생들은 조선어가 서툴러 영어로 대화하는 경우가 많아 상호간에 소통이 매끄럽지 못했다. 반면에 우리는 별 어려움 없이

김일성대학 학생증

의사소통을 할 수 있어 서로의 의중을 잘 알 수 있어 우의가 더욱 돈독했다.

우리가 만날 때 그들이 좋아하는 주된 주제는 조선은 핵을 보유하고 있고 인공위성 발사도 성공했다는 것이다. 이 이야기를 할 때 그들은 자부심이 대단했고 그럴 때마다 우리가 "대단하다. 세계에서 핵을 가진 나라는 미국이나 소련 등 소수의 강대국에 불과한데 조선은 정말 대단한 나라이다"라고 추임새를 넣으면 그들은 더욱 신이 나 맥주도 쏜다. 만날 때마다 빠지지 않을 정도로 '핵무기, 핵무기' 하지만 그래도 지겹지 않았다. 왜냐하면 공짜 맥주가 생기기 때문이다. 김일성대학 동숙생과 우리의 관계는 누이 좋고 매부 좋은 관계가 아니었나 싶다.

김일성대학 재학생들의 학습 열의는 어떨까?

김일성대학 캠퍼스 내 화단에는 '공부가 바로 전투다!'라고 화강석에 새

겨진 글귀가 있다. 이 글귀도 거리 곳곳에 있는 '100일 전투' 등의 캐치프레이즈처럼 주어진 목표를 달성하기 위한 격려성 구호 정도로 생각했다. 그러나 김일성이 직접 써서 그런지 모르지만 학생들은 정말로 열심히 공부한다. 그들은 우리나라 대학과는 달리 강의 시간에 맞춰 강의실로 가지 않고 초, 중학교 학생들처럼 월요일부터 토요일까지 매일 오전 7시~7시 반 사이에 등교해 강의실로 간다. 그들은 강의가 끝난 후에도 한 사람도 예외 없이 자율적으로 학습한다. 매미가 울어 대는 한여름철의 더위에도, 교정 사이로 뛰어다니는 다람쥐의 유혹에도 한눈팔지 않고 오로지 학습에만 매진한다. 이렇게 열심히 공부하는 것은 바람직한 현상이다. 그러나 김일성대학 재학생들의 학습에 대한 열의는 그 정도를 넘어 김일성대학 캠퍼스는 소리 없는 전쟁터와 같아 보였다.

김일성대학 교문 입구에 있는 각종 구호

동숙생과 유학생 간의 우정

김일성대학 외국인 기숙사에는 동숙생이 상당수 있다. 동숙생은 글자 그대로 우리 유학생과 함께 생활하면서 학습뿐 만 아니라 교내와 생활을 도와주는 도우미이다. 그들은 거의가 성적도 우수하며 키도 크고 얼굴도 예쁘다. 조선어문학을 전공하는 나의 동숙생 황기영은 나의 학습 도우미 역할을 할 뿐만 아니라 학교 내에서 일어나는 모든 일도 도와준다. 그와 나는 수업이 끝난 후나 주말에 별다른 일이 없으면 함께 산책도 하고 해 맞이 식당 등으로 가 식사도 하곤 했다. 날이 갈수록 그녀와 나 사이의 우정은 깊어 갔다. 그런데 어느 날부터 나를 담당하던 동숙생 아닌 다른 학생이 왔다. 이튿날도 내 담당 동숙생은 오지 않았다. 며칠이 지난 후에야 동숙생이 주기적으로 바뀐다는 사실을 알았다. 그 이유는 서로 밀접한 관계가 되어 내밀한 이야기를 나누다 보면 바깥 정보가 그들에게 전해져 문

김일성대학 기숙사

제가 될 소지가 있기 때문이라고 한다.

체제 보호를 위해서 어쩔 수 없이 그렇게 한다고 하지만 인간적인 관계까지 싹둑 자르는 느낌이라 너무나 몰인정했다.

오늘같이 비가 오는 날은 그녀와 함께 대동강교를 거닐던 추억이 스치면서 그 동숙생이 그리워진다.

정전이 되어도 불이 꺼지지 않은 곳은?

인민문화궁전 건너편에 있는 주체사상탑 상단에 있는 봉화는 1974년 개관이 된 이후 고난의 행군 시에 한 번 꺼진 것 말고는 한 번도 꺼진 적이 없다고 한다. 김일성대학 캠퍼스 내에도 정전이 되더라도 불이 켜진 곳이 있다. 강의동 건물 상단에 있는 '위대한 김일성 동지와 김정일 동지가 영

김일성대학 교정

원히 당신과 함께한다'라는 캐치프레이즈다. 이곳은 정전이 되어 주변이 암흑세계가 되어도 밝게 빛나 실제로 우리와 함께 있다는 생각이 든다.

캠퍼스 내에는 이곳 말고도 불이 꺼지지 않는 한 곳이 더 있다. 캠퍼스 내에 있는 동상이다. 이곳 역시 정전이 되어도 영향을 받지 않는다. 이 두 곳이 불이 꺼지지 않는 것은 정전에 대비해 자체 발전기로 발전을 하기 때문이라고 한다. 여기에 더해 동상이 전쟁이나 테러로 파손이나 폭파의 위험에 처할 경우 지하로 내려 보내 안전하게 보전하는 장치도 갖추고 있다고 한다. 이런 시스템이 갖추어진 곳은 이 캠퍼스 내뿐만 아니라 만수대 언덕에 있는 김일성 부자 동상을 비롯해 전국 각지에 산재해 있는 모든 동상도 같다고 한다. 동상도 참으로 복이 많아 보인다.

김일성대학에서 사진 찍기에 가장 좋은 명당자리는?

풍경 사진은 구도가 중요하다. 구도만 잘 잡으면 사진이 전달하고자 하는 주제와 느낌을 잘 전달해 좋은 사진을 찍을 수 있다. 김일성대학의 풍경을 잘 찍기 위한 명당자리는 교문 앞이다. 앞에는 김일성 동상이 있고 그 옆에는 18층 본관을 중심으로 좌우 양쪽에 부속 건물이 있어 김일성대학의 모든 것을 설명할 수 있는 최상의 명당자리이다. 문제는 김일성 부자의 동상이 들어가는 사진은 촬영 금지이기 때문에 여기서는 사진을 찍을 수 없다. 그렇지만 이런 멋진 구도를 놓치기가 아까워 그 앞을 몇 차례나 오고 가면서 기회를 엿보았지만 좀처럼 기회가 없었다. 그래서 어느 날 이른 새벽에 휴대폰을 호주머니에 넣고 새벽 산책을 하는 사람처럼 가장하고 주변을 살피면서 교문 주변을 배회했다. 아무도 눈에 띄지 않아 호주머니에 있는 휴대폰을 만지작거릴 때 문득 교수님의 말씀이 생각났다.

"조선에 가서 함부로 사진을 찍어서는 안 된다. 나와 함께 유학을 했던 학생 중에서 찍어서는 안 될 장면을 찍다가 공안에 잡혀가 고생을 한 후에 돌아왔다. 그때 무슨 일이 있었는지 물어도 아무런 말도 않고 넋 나간 사람처럼 제정신이 아니더라. 다른 것도 조심해야 되지만, 너는 사진부원이라 사진 찍는 데 관심이 많을 테니 더 조심해라."라는 말씀이 귓전을 스쳐 포기할 수밖에 없었다. 좋은 배경을 두고도 찍지 못해 못내 아쉬웠다.

김일성대학 교정

콧대 높은 프랑스 유학생도 그들 앞에선 풀이 죽은 이유는?

우리가 소모임을 가질 때마다 동숙생들이 맥주를 쏘았다. 계속해 대접만 받을 수 없어 우리가 한 번씩 내려고 해도 한사코 거절하며 그들이 부담한다. 경제적으로 여유가 있어 그러려니 짐작은 했지만 방에 있는 화장품을 보고는 그들 집의 경제력이 보통이 아니라는 것을 알 수 있었다.

그들이 사용하는 제품은 모두가 프랑스산 명품인 엘레강스나 가브리엘 등이었고 옷 또한 다른 대학 학생들이 입고 있는 옷과는 천과 재질이 달랐다. 뿐만 아니라 지갑 속엔 언제나 고액권의 유로화나 미국 달러가 있다.

이런 모습을 보고 가장 놀라워하는 사람은 프랑스 출신의 유학생이었다. 그들은 대화 시 영어를 거의 쓰지 않을 정도로 자부심이 강하고 콧대도 높지만 동숙생 앞에서는 풀이 죽은 느낌이다. 눈치 상으로 보아 동숙생이 사용하는 명품 화장품은 자기 나라 것이지만 값이 비싸 사용해 본 적이 없는데 이들 동숙생 거의 모두가 쓰는 것을 보고는 놀라워하는 그런 표정이었다.

흔히들 평양은 조선에서 '쇼윈도'와 같은 도시라고들 한다. 그중에서도 김일성대학에 재학 중인 여학생들은 쇼윈도 속의 보석과도 같아 보였다.

동기생이 분통을 터트린 까닭은?

수업을 시작한 지 채 이틀이 지나기도 전에 천진외대에서 온 동기생이 떠나야겠다며 불평을 했다. 기숙사 시설도 좋고 음식의 질도 좋은데 왜 불평을 하는지 도무지 이해가 되지 않았다. 이유는 교문 통과 시에 앞에 있는 김일성 동상에 예를 갖추어 정중히 인사를 해야 하기 때문이었다.

10월 4주 음식차림표 (2017. 10. 22~10. 28)

김일성대학 식단표

김일성대학 교문 앞에는 청년동맹 소속의 규찰대 소속 학생들이 아침 7시부터 7시 40분까지 등교생들이 동상에 정중하게 인사를 하는지 안 하는지 지켜본다. 시간에 쫓겨 하는 둥 마는 둥 하거나 멀리 떨어져 망배를 해서도 안 된다. 어른에게 하듯이 정중하게 해야 한다. 만약에 이를 지키지 않는다면 다음 날 아침에 교내 방송을 통해 바로 명단을 공개한다. 그런 까닭에 기독교 교인으로 신앙심이 깊은 그녀로서는 절대로 받아들일 수 없는 것 같았다.

다행스럽게도 며칠이 지나 정문을 통과하지 않고도 강의 동으로 갈 수 있는 지름길이 있는 것을 안 후에는 더 이상 문제가 되지 않아 다

김일성대학 정문

행이었지만, 하마터면 김일성에 대한 경배의식이 젊은 기독교인의 삶을
망가지게 했을지도 모른다.

아방궁 못지않은 김일성대학 교수 집

평양에 온 지 4개월이 지날 무렵인 9월 중순경, 수업이 끝난 후 교수님이
"너희들을 우리 집에 초대하려고 하니 다른 일정을 잡지 말라."고 하셨다.

평양시 여명거리

외국인이 평양의 일반 가정을 볼 수 있다는 사실에 우리는 무척 고무되
어 렴오와 나는 밤잠을 설쳤다.

오전 수업을 마친 후 유학생 전원과 교수님 4명 등 40여 명의 대식구가

여명거리에 있는 교수님 댁으로 향했다.

새롭게 단장된 여명거리는 초고층인 82층을 비롯해 70층, 55층 등의 초고층의 아파트가 무리를 이루어 우리나라 상해시의 동방명주 앞과 버금갈 정도로 스카이라인을 향성하고 있었다.

김일성대학에서 본 여명거리

70층중에서 43층인 교수님 댁으로 들어서는 순간 우리의 눈이 휘둥그레졌다. 넓이가 240평방미터에 방이 7개, 베란다가 3개나 되는 대저택이었다. 거실에는 고풍스럽게 보이는 탁자와 의자, 고급 양주와 와인이 가득 찬 장식장, 벽에는 대형 벽걸이 TV와 명화가 걸려 있었다. 부엌에도 고급 주방 용품들로 가득했고 부부 침실에는 호화롭고 화려한 침대와 화장대가 있었다.

거실에서 내려다본 평양은 또 다른 느낌을 주었다. 동쪽은 유유히 흐르는 대동강을 푸른 가로수가 마치 호위병처럼 지키는 듯했고, 북쪽은 높은 고층 아파트 숲이었다. 서, 남쪽은 내가 재학 중인 김일성대학이다.

평양 주재 중국대사님과 함께(양각도 호텔)

이 여명거리는 고층 아파트가 들어서기 전까지는 김일성대학이 이 일대에서 키다리 노릇을 할 수 있었을 텐데 지금은 왜소한 난쟁이처럼 보였다. 학교 건물 맞은편에 작은 한 점에 불과한 건물은 우리 대사관 건물이었다.

우리가 주변 경치를 보고 난 후에 사모님은 사과와 배, 단물을 대접했다.

"이 넓은 공간에서 저렇게 아름다운 바깥 모습을 매일 보면서 생활하시는 선생님이야말로 이 세상에서 가장 행복한 사람입니다."라고 하자 "맞아, 이렇게 남부럽지 않게 좋은 환경에서 살 수 있는 것은 오로지 위대한 김정은 장군님 덕분이야. 장군님께서는 돈 한 푼도 받지도 않고 우리 가족을 위해서 이 좋은 집을 주셨어, 장군님에 대한 흠모의 정과 고마움을 한시라도 잊을 수가 없어."라고 말씀하실 때 교수님은 정말 김정은에 대한 고마움과 충성심으로 가득한 듯했다.

교수님과 사모님의 배웅을 받으며 집을 나와 여명거리를 걸었다. 김정일 국방위원장이 상해 푸동 지구의 발전된 모습을 보고 "천지가 개벽되었다."라는 말이 떠올랐다. 나도 오늘 여명거리의 발전상을 보면서 똑같은 말을 하고 싶다.

'평양 천지가 개벽되었다.'고.

거리는 전자제품 상점과 화장품 점을 비롯해 의류 및 신발, 신선한 채소와 싱싱한 과일을 파는 상점들로 줄지어 있었다. 화장품 가게엔 프랑스산이, 전자제품 상점엔 메이드 인 재팬이 주류를 이루었다. 과자류는 말레이시아, 싱가포르 상품이 많고 초콜릿은 스위스와 오스트리아 제품 일색이었다. 이 밖에도 이발관, 약국, 식당, 미용실과 목욕탕 등의 복합 위락시설도 있어, 마치 내가 북경의 왕푸징 거리에 와 있는 것 같은 착각을 일으킬 정도로 상품이 다양하고 고급스러웠다.

조선은 가난하고 생활고에 찌들려 사는 세계 최빈국 중의 하나라는 인식은 싹 사라졌고 풍요함과 여유로움이라는 이미지가 그 자리를 대신했다.

꽃 파는 처녀

조선 문학 수업 중에 5~6편의 영화를 보았다. 그중에 감동을 준 영화는 〈춘향전〉과 〈꽃 파는 처녀〉였다.

〈꽃 파는 처녀〉는 꽃분이네 가족의 비극적인 삶에 관한 이야기로 너무나 감동적이라 눈물을 흘리기도 했다.

줄거리는 다음과 같다. 꽃분이네는 일제가 조선을 침탈하자 먹고살기가 힘들어 만주로 가 지주의 땅을 소작해 농사를 짓지만 가난에서 헤어나지 못하고 굶주린다. 그녀의 아버지는 지주에게 좁쌀 2말을 빌리지만 빚을 갚지 못하고 머슴으로 전락해 온갖 횡포와 고통에 시달리다 사망한다.

꽃분이의 오빠도 아버지의 뒤를 이어 6년 동안 지주의 집에서 농노가 되어 일을 하지만 가난의 굴레에서 벗어나지 못했고 막내 여동생은 지주의 가혹한 행동으로 시력을 잃게 된다. 이를 본 오빠는 지주의 집에 불을 지르면서 일경에 의해 체포된다. 오빠가 수감되자 지주는 그녀의 어머니마저 종으로 삼고 노예처럼 일을 시켰다. 고된 일에 시달린 그녀의 어머니는 병든다. 이에 꽃분이는 어머니의 약값을 마련하기 위해 마을 뒷산에 있는 꽃을 꺾어 팔지만 어머니는 약도 들지 못하고 돌아가시고 오빠는 조선혁명군 대열에 가담하게 된다는 이야기이다.

외국인인 나에게는 조선혁명군 참여는 별다른 의미가 없지만 꽃분이네 가족이 바로 나의 고향에 와서 나의 이웃인 지주에게서 혹독하게 시달림을 당하면서 불우한 삶을 살았다는 사실에 미안함을 느꼈다.

내가 여기서 〈꽃 파는 처녀〉를 언급한 것은 보통강 거리를 지날 때 보았던 세 명의 처녀들 때문이다.

5월 중순 봄이 무르익을 무렵 창광원 옆을 지나가고 있는데 남루한 옷차림을 한 세 명의 아가씨가 꽃을 팔고 있었다. 지나가던 행인 몇 명이 꽃을 사자 그들은 한 송이라도 더 팔기 위해 동분서주했다.

그때 완장을 찬 단속원이 다가오자 그들은 쏜살같이 사라졌고 그들이 사라진 자리에는 꽃과 굽 높은 구두가 어지럽게 널려 있었다.

그들이 거리에서 꽃을 파는 것이 꽃분이처럼 어머니의 약값을 벌기 위해 거리로 나섰는지 벌기 위함인지는 알 수 없다. 그러나 젊은 나이에 거리에서 꽃을 파는 것은 부끄럽고 수치스러워 예사 용기가 아니었을 것이다. 거기다 단속원에 쫓겨 달아날 때 얼마나 자존심이 상하고 부끄러웠을까를 생각하니 가슴이 찡했다.

지금도 사력을 다해 도망가던 그들의 모습을 잊을 수 없고 왜 그들이 단속의 대상이 되었는지를 알 수 없다.

류경원 앞에는 왜 새벽부터 노인들이 줄지어 있을까?

한번은 아침 일찍 보통강가 구역에 있는 류경원을 지나는데, 어르신들이 줄지어 있어 그 모습이 하얼빈 중앙대가 옆에 있는 조린 공원의 풍경

평양 유경호텔 앞

과 비슷했다. 조린 공원에는 어르신들이 결혼 적령기를 앞둔 손자, 손녀들의 사진과 학력 등의 신상 정보가 적힌 B4 용지를 들고서 주변을 맴돌며 서로 간에 정보를 주고받는다.

여기서도 손자들의 짝을 찾기 위해서 그런가 싶어 가까이 가 보았다. 이들이 줄을 서서 대기하고 있는 것은 류경원 입장권을 사기 위해서였다. 류경원과 같은 위락 시설은 인기가 많아 낮에 오면 오랫동안 기다려야 하기 때문에 자식이나 손자, 손녀를 위해 새벽에 나와 표를 구입한다고 한다. 하얼빈에서는 1인당 1~2매만 구입이 가능하지만 여기서는 여러 장도 구입이 가능하다고 한다.

평양시 문수물놀이장

깨끗한 평양 도로

평양의 도로는 하얼빈의 도로와는 달리 어디를 가든 휴지 등의 쓰레기를 볼 수 없고 깨끗하다. 이처럼 도로가 깨끗한 것은 차량의 통행이 적고 거리를 깨끗하게 하고자 하는 평양인들의 의식 때문일 것이다.

평양거리

평양의 도로 중에서도 더욱더 깨끗한 도로가 있다. 김일성대학 가까이에 있는 도로다. 이 도로는 푸른 가로수가 줄지어 있어 더 깨끗하게 보여 음식물이 떨어져도 주워 먹어도 될 정도로 깨끗하다. 이 도로가 깨끗한 까닭은 차량의 통행이 통제되기 때문이다.

1994년도에는 김일성 시신을 실은 영구차가 지나갔고 2011년에는 김정일의 운구 차량이 지나간 후부터는 어떠한 차량의 통행도 금지된다고 한다. 역시 평양인과 조선인들의 김일성 부자에 대한 경모심은 살아생전이나 시후나 변함이 없는 것을 이 도로를 걸을 때마다 느낄 수 있었다.

Q&A

아래 대화는 2017년 필자와 김일성대학에 유학한 한로와 초렴오 간에 있었던 문답 형식의 대화이다

Q. 김일성대학으로 가게 된 계기는?

경희대 등 서울 소재 몇 대학에서도 입학 허가를 받았어요.

한국 대학은 언제든지 갈 수 있지만 김일성대학은 그렇지 않아요. 그 당시에 기회를 놓치면 갈 수 없었지요. 더구나 학비는 물론 식대와 기숙사비까지도 면제 혜택을 받았지요.

Q. 평양에 관한 첫 인상은?

평양으로 가기 전 평양 유학을 다녀온 교수님과 선배들에 따르면 대부분 부정적인 얘기가 많아서 우리 역시 그렇게 생각했습니다. 그러나 우리 눈에 비친 평양은 정반대였습니다. 높게 치솟은 새 아파트 군과 깨끗한 거리를 보고서 놀랐습니다. 왜 선배들이 그렇게 생각했는지 모르겠어요.

Q. 김일성대학의 첫 느낌은?

교정을 들어서는 순간 다소 의아했습니다.

Q. 왜 그런가?

교문 밖에 있는 게시판에 있는 포스터와 게시물의 내용이 상아탑과 어울리지 않게 호전적이고 투쟁적이었어요.

Q. 평양 시민들은 외국인과 대화를 꺼린다고 하던데?

맞아요. 거리에서 방향이나 위치를 물어도 못 들은 척해요.

Q. 학교 내에서는 대화할 기회가 있나?

내국인 학생과 우리 유학생과는 기숙사가 상당히 떨어져 있어 서로 만날 기회가 없었고, 설사 교정에서 마주치더라도 외면을 하기 때문에 어떻게 대화가 되겠어요. 유일하게 마주칠 수 있는 공간은 엘리베이터 앞이지만 거기서도 외국인 유학생만 이용하는 7층에만 고정된 것이 따로 있어 만날 수 없지요.

Q. 일과는?

월요일부터 토요일까지 아침 7시에 등교해 12시까지 강의를 받고 오후는 자유시간입니다.

Q. 토요일도 수업을 하나?

그렇지요. 김일성대학은 지겨울 정도로 공부를 많이 시켰어요. 학생들도 정말 열심히 공부하고요.

Q. 학교 시설은 괜찮았나?

예. 우리가 다닌 김일성대학은 조선의 최고 가는 대학으로 그 이름에 걸맞게 시설이 좋은 편이었어요. 캠퍼스도 넓고 나무도 많아 공기도 맑습니다. 심지어는 까치가 지저귀고 다람쥐가 뛰놀기도 해요. 실내 체육관엔 수영장과 농구장, 탁구장이 있으며 수영장엔 국제 규격의

레인과 다이빙대도 있지요.

Q. 김형직사범대는 기숙사 시설이 안 좋아 불평이 많던데?

우리 대학은 아주 양호했어요. 2인 1실이며 13층 건물로 새로 개축되어 아주 깨끗했고 침대와 책장, 책상 등의 가구도 새것이었어요. 화장실에서 샤워도 할 수 있지요. TV도 있지만 신호가 잡히지 않아 보지는 않았어요.

Q. 시설에 관한 모든 것이 만족스러웠단 말인가?

예. 우리 담당 선생님께서는 시설이 이렇게 잘 갖추게 된 것은 김정은 장군님 덕분이라고 하면서 그분께 감사의 편지를 쓰라고 해 그렇게 했지요.

Q. 기숙사에서 제공하는 음식은 괜찮았나?

매 요일마다 식단표에 따라 음식이 나왔고 맛도 좋고 영양가도 높은 편이었어요.

다만 프랑스나, 러시아, 불가리아 등 서구권에서 온 학생들은 육류가 주식이라 가끔 밖에 나가 식당 등에서 소고기나 닭고기 요리를 사 먹기도 했지요. 반면에 베트남이나 라오스 등 동남아시아에서 온 학생들은 아주 만족해했고 졸업할 당시에 체중이 많이 늘었다고 했어요.

Q. 선배 중에서는 공항 입국 시 노트북을 압수당하거나 사진을 찍다가 공안에 잡혀 한 달간 감금된 후 정신이상 상태로 공부도 못 하고 귀

국한 사람이 있다고 들었다. 실제로 어떠했는가?

나도 선배로부터 반입금지 물품에 한국과 관련된 것이 포함된다고 해 철저히 대비를 했지요. 그런데 노트북에 한국 드라마 몇 편과 K-pop 등을 지우지 못했던 것을 검색 시 알았지요. 몹시 당황스러워 어찌할 바를 몰랐지요. 다행스럽게도, 담당자는 그 부분을 삭제한 후 돌려주더군요.

또 사진 때문에 큰일 날 뻔한 적이 있었어요. 판문점 여행 시에 한국 쪽을 찍고 있는데 담당 병사가 갑자기 "찍지 마라!"라고 소리쳐 깜짝 놀랐지요. 순간 '아차! 실수했구나. 이걸 어떻게 하지'라고 걱정했지만 담당자는 휴대폰에서 문제의 장면만 지우고 돌려주었어요.

Q. 유학생들은 어느 국가 출신인가?

프랑스, 베트남, 라오스, 캐나다가 각 1명이고 러시아가 20명이며 우리나라가 40명으로 가장 많았어요.

Q. 중국 유학생은 어느 대학 출신인가?

연변대 13명, 베이징 제2외국어대 6명, 베이징외대 2명, 천진외대 5명, 상해외대 4명, 장춘 이공대 2명, 대외경제 무역대학 2명, 화북대 2명, 남경대 2명이었으며, 김형직사범대, 대련외대 17명, 산동대 2명이었습니다.

Q. 선배들은 자주 정전이 되어 생활하는 데 어려움이 많았다고 하던데?

우리 때는 전혀 문제가 없었으며 온수도 잘 나왔습니다.

Q. 평양 음식 이야기를 할 때 선배들은 옥류관과 해맞이 식당에 많이 갔다고 하던데?

우리도 옥류관에 몇 번 갔지만 손님이 많아 보통 20여 분을 대기해야 해 그렇게 많이 가지는 않았지요. 대신 선배들과 마찬가지로 해맞이 식당은 여러 번 갔지요. 해맞이 식당의 닭고기 맛은 지금도 잊을 수 없어요.

Q. 유학 중에 백두산, 금강산, 묘향산과 개성 여행은 필수라고 하던데?

우리는 금강산과 묘향산, 개성은 다녀왔지만 백두산은 2년마다 한 번씩 가기 때문에 가지 못했습니다.

Q. 여행 비용은 얼마였나?

묘향과 개성은 무료였고, 금강산은 100달러였습니다.

Q. 유학생 이외에도 동행자가 있었나?

교수 4명과 동숙생 10명이었으며, 그들은 모두가 공짜였어요.

Q. 고속도로에 휴게소가 여러 개였나?

묘향산 갈 때는 4차선 도로에 차가 거의 없어 한적했어요. 그러니 휴게소가 있을 리 없지요. 금강산 갈 때는 신평 휴게소만 보았어요.

Q. 묘향산 여행은 어떠했는가?

묘향산은 아름답고 보현사 사찰도 볼 것이 많았지만, 안내원이 강조

하는 것은 사찰 입구에 있는 묘향산 국제친선관람관이었어요.

Q. 판문점 여행은 어떠했는가?

판문점 내에서는 영어 글자가 쓰인 옷을 입지 못하게 해 차가 출발하기 전에 다시 여관으로가 옷을 갈아입었지요.

Q. 판문점을 보고 난 후 느낀 소감은 어떠했는가?

별다른 느낌은 없었고 '미국 놈들은 자신들의 죄를 덮고 싶어서 자신들의 나라 국기를 가지고 오지 않고 UN기를 가져왔다'고 말했을 때와 '이런 미국 놈들에게 우리는 어떤 선물을 주어야 하는가?'라는 작문 과제가 기억에 남네요. 안내자가 김일성의 업적을 말하면서 죽는 순간까지도 조국 통일을 위해서 걱정하셨다면서 눈시울을 적시는 것도 충격적이었어요.

Q. 탈북자들에 따르면 북한의 젊은이들도 몰래 한국 드라마를 본다고 하던데?

우리가 접촉할 수 있는 사람은 동숙생뿐이라 그들이 드라마를 보는지 보지 않는지 알 수 없지요. 다만 동숙생이 친구와 통화할 때 전화기에서 나오는 한국 노래를 들은 적은 몇 번 있어요. 그리고 동숙생은 우리 중국 드라마도 절대로 보지 않았어요. 왜 안 보는지를 물었더니 별로 볼 만한 것이 없다고 했어요. 그래서 화가 나 울기도 했어요.

Q. 찍은 사진들 중에 중국 오성기가 달린 건물 사진이 있던데 무엇인가?

그건 우리 학교에서 가까운 우리나라 대사관입니다. 그날 베이징에서 19차 인민대표대회가 열리는 날인데 인터넷이 되지 않아 대사관에 가서 개막식을 보고 난 후 찍은 사진이지요.

Q. 평양에 커피숍도 있나?

물론 있지요. 별무리 카페를 비롯해 여러 개가 있어요. 가격은 5달러이고 커피의 종류도 모카나, 카푸치노 등 다양해요.

Q. 평양에도 노래방이 있나?

큰 식당은 대부분 노래방 시설을 갖추고 있어 그곳에서 노래를 하지요. 영어로 된 노래책도 있고요. 전문 노래방도 있다고 하던데 우리는 간 적이 없어요.

Q. 적적할 때 어떻게 시간을 보냈나?

〈응답하라 1988〉, 〈런닝맨〉, 〈청춘시대〉, 〈피노키오〉 등 많은 한국 TV 영상물을 노트북 하드 디스크에 담아 와 적절한 시간에 보려고 했지만 출입국 담당자가 삭제해 볼거리가 별로 없어 친구들과 외출을 자주 했지요.

Q. 가장 기억에 남는 일은?

핵무기 실험이 성공했을 때 천지가 뒤집힐 정도로 열광의 도가니였지요.

부록

종합적인 문화후생시설, 류경원

아래 글은 조선이 자랑하는 복리 후생 시설인 류경원에 찾아간 김정은을 묘사한 글이다.

풍치 수려한 대동강변에 물결 모양의 뽈트라스를 이고 특색 있게 건설된 류경원은 겉모습도 희한하지만 안에 들어서면 더욱 황홀하다.

시원하면서도 깨끗하게 꾸려진 홀들이며 돌을 가지고 쪽무이 장식을 하여 시공에서 반복을 없애고 새 맛이 나게 처리한 복도의 벽면들….

꽃장식도 아름답게 하고 원형의자도 특색 있게 설치한 넓은 휴식홀은 보는 사람들의 감탄을 자아낸다.

유리 등이 빛을 뿌리는 층계들을 오르노라면 경탄은 더욱 커진다.

대중목욕탕과 가족목욕탕, 체육실, 리발실과 미용실, 청량음료실….

경애하는 김정은 원수님께서 류경원이 문을 열면 인민들이 즐겨 찾아올 것이고 인민들이 겨울에 류경원 덕을 단단히 볼 것이라고 하신 이 훌륭한 문화 후생시설에는 어디에서나 찾아

볼 수 없는 자기의 자랑이 있고 특색이 있다.

경애하는 김정은 원수님께서는 다음과 같이 말씀하시었다.

"세상에서 제일 좋은 우리 인민, 만난시련을 이겨 내며 당을 충직하게 받들어 온 우리 인민이 다시는 허리띠를 조이지 않게 하며 사회주의 부귀영화를 마음껏 누리게 하자는 것이 우리 당의 확고한 결심입니다."

류경원이야말로 우리 당의 숭고한 인민 사랑이 높이 떠받들어 올린 시대의 기념비적 건축물이다. 경애하는 원수님께서는 꽃 피는 봄에도 건설이 한창인 이곳을 찾으시었고 무더운 여름에도 완공 단계에 이른 류경원을 찾아 주시었다.

그렇게 찾고 찾으실 때마다 간곡하게 하신 당부가 있었다.

인민을 위한 일에서는 만족이란 있을 수 없다는 뜻깊은 가르치심이었다.

지난 주체 101년(2012) 5월 건설의 흔적이 여기저기 어려 있고 아직은 란간도 완성되지 않은 이곳을 찾아 주신 경애하는 원수님께서 곳곳을 일일이 돌아보시면서 마지막 4층에까지 오르시어 하신 당부는 무엇이었던가.

이만하면 잘된 것 같다고, 하지만 마지막에 보아야 잘되었다는 것을 정확히 평가할 수 있다고 하시면서 건설물은 내용이 기본인 것만큼 질을 높이는 데 힘을 넣으라고 일깨워 주신 경애하는 원수님이시었다.

그 사랑에 받들려 류경원은 멋들어진 모습을 드러냈다.

지난 7월 완공 단계에 이른 류경원을 경애하는 원수님께서는 또다시 찾아 주시었다. 그때는 무더운 여름날이었다. 하지만 그이께서 지니신 인민에 대한 사랑은 불보다 더 뜨거웠다.

어버이 장군님께서 한평생 아끼고 사랑하신 인민을 행복의 상상봉에 높이 세워 주고 싶으시어 꽃 피는 봄에도 오시고 무더운 삼복철에도 찾으시어 놓친 문제가 있을세라, 미흡한 점이 있을세라 그리도 마음 쓰신 경애하는 원수님. 그 사랑 속에 류경원은 종합적인 문화후생시설로, 선군시대의 기념비적 건축물로 희한하게 솟아올랐다.

창밖에는 락엽 지는 계절이 한창이어도 류경원의 드넓은 휴식홀에는 인민들이 휴식의 한때를 즐겁게 보낼 수 있도록 아름다운 꽃장식이 황홀경을 펼치고 있다.

하지만 얼마 전 류경원을 찾으신 경애하는 원수님께서는 어찌하여 이 휴식홀에서 선뜻 걸음을 옮기지 못하시었던가.

의자도 앉아도 보시고 주단을 깔아 놓은 바닥도 자세히 보시면서 경애하는 원수님께서 하신 말씀이 우리 가슴을 세차게 울려 준다.

'인민을 위한 일에서는 만족이란 있을 수 없다!'

찾고 찾으실 때마다 하신 그 당부는 정녕 인민을 아끼고 열렬히 사랑하는 자애로운 인민의 령도자께서만이 하실 수 있는 말씀이었다.

경애하는 원수님의 사랑에 받들려 류경원은 인민의 기쁨 끝없이 흘러넘칠 행복의 집, 사랑의 집으로 높이 일어섰다.

발걸음 닿는 곳마다에서, 마주하게 되는 봉사시설마다에서 숭고한 인민 사랑이 안겨 와 가슴 젖어 든다.

인민을 위한 일에서는 만족을 모르는 사랑!

류경원은 그것을 소리 없이 전해 준다.

그 은혜로운 사랑이 품에 운명도 미래도 다 맡긴 이 땅의 인민이 얼마나 긍지 높은 행복의 상상봉에 사는가를 선군시대의 류경원은 천만의 가슴에 뜨겁게 새겨 준다.

출처 : 『김형직사범대 조선어 강독 2』

강성국가의 레일을 그려 보게 한다

이해를 보내며 지나온 나날을 돌이켜보는 나의 심정은 참으로 남다르다.

최근 몇 년 사이에만도 조국 땅에서는 세인을 경탄시키는 놀라운 기적들이 련이어 일어나고 있다. 날 바다를 가로막은 대계도 간석지의 거창한 모습과 주체철 생산체계를 완성한 금속공업부분 로동계급의 만세 소리, 대동강과 수종합농장의 과수바다, 철갑상어가 바다로 나가는 등 희한한 모습은 그대로 승승장구하는 내 조국의 자랑스러운 모습이었다. 실지 희천 발전소 건설장, 만수대지구건설장을 비롯하여 도처에서 일어나는 거창한 변혁과 기적들을 체험하면서, 개선청년공원과 대동강과 수종합농장, 보통강상점을 비롯한 많은 곳을 다녀보면서 나는 격정과 흥분을 금할 수 없었다.

내가 지난해 보통강상점에 갔을 때였다. 상점은 황홀하기 그지없어 절로 경탄이 흘러나왔다. 마치도 상점이라기보다 화려한 극장 홀에 들어선 듯한 느낌을 주었다. 상점에서 판매하는 식료품들은 더욱 나의 눈길을 끌었다. 사과를 비롯한 갖가지 신선한 과일 등을 봉사하는 보통강상점의 상품들은 대다수가 우리나라의 것이었다.

싱그러운 향기를 풍기는 사과, 배 등 꿀맛 같은 여러 과일은 세계적 규모의 대동강과수종합농장을 비롯한 과일 산지들에서 사들인 것이다.

제품의 신선도와 질 또한 그 어디에 내놓아도 손색이 없을 정도였다.

봄에는 갖가지 꽃들이 만발하고 가을에는 여러 가지 과일들이 주렁지는 대동강과수종합농장은 또 어떠한가. 흥겨운 노래소리가 울려나오는 일터, 웃음소리 그칠 새 없는 마을, 바로 여기야말로 우리 인민이 세세녀녀 바라고 꿈꾸어 오던 무릉도원이 아니겠는가.

돈 많은 자들이나 먹어 보는 철갑상어를 비롯한 이름난 명료리들을 이 나라의 평범한 공민들 누구나 다 맛볼 수 있는 오류관 료리 전문식당, 먼지 한 점 없는 현대화된 평양양말 공장, 마치 요지경 속을 들여다보듯 환상의 세계가 펼쳐진 개선청년공원 등은 인민대중 중심의 우리식 사회주의 제도하에서만 펼쳐질 수 있다는 것을 나는 실생활 체험을 통해 진리로 확신하고 있다. 나는 조국의 현실을 직접 보고 체험하면서 이 땅 위에 강성국가가 거연히 일떠서고 있음을 심장으로 절각하였다.

출처 : 김형직사범대 외국인용 교과서

사진으로
보는
북한

김일성광장 앞

옥류관 앞

거리사격장

미래과학자거리

미래과학자거리에 있는 아리랑 휴대폰 광고

주체사상탑에서 내려다본 동평양의 모습

주체사상탑에서 내려다본 평양

평양 해맞이 식당 앞

평양도로(한산함)

평양시 여명거리

평양 시내에 있는 음료수 매대

평양 예식장 입구

평양역

평양역 앞

평양역 역사 주변

상업 중심 식당 된장찌개

옥류관 내부

옥류관 앞

옥류관 후식(아이스크림)

창광원식당

평양 닭고기 전문 식당 요리

평양 닭불고기

평양 비빔밥

평양 식당 물수건

평양 콜라

평양 해맞이식당 떡볶이

평양 해맞이식당 냉면($3.8)

평양 해맞이식당 요리

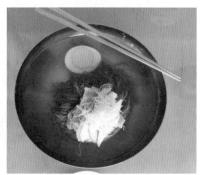

평양냉면

외국인 숙소 식당

평양식 자장면   평양식당 내부

평양 음식

해맞이식당 옆 슈퍼마켓

신평 휴게소

금강산호텔 내 노래방

금강산

금강산 가는 길

금강산 가는 길 농촌 풍경

금강산 계곡 무봉폭포

금강산 계곡

금강산 계곡

금강산 계곡

금강산 계곡

금강산 계곡

금강산 계곡

금강산 구룡연 등산로

금강산 관폭정

금강산 련주담

금강산 구룡연 코스

금강산 구룡연 계곡

금강산 구룡연 주변 바위에 새겨진 김일성 친필

해금강 사선정 다리

해금강 사선정

해금강 사선정

해금강

묘향산 계곡

묘향산 보현사 입구

묘향산 보현사 성동리다라니석당
(북한 국보유적 59호)

묘향산 보현사 종루

묘향산

묘향산 보현사 탑

묘향산 청천강

묘향산 수련원

묘향산

평양 관광버스

평양 출발 묘향산행
관광버스 버스 기사

백두산사적비

백두산 장군봉에 이르는 길목

장군봉에서 내려다본 백두대간

장군봉에서 내려다본 천지연

장군봉에서 내려다본 천지연

장군봉에서 내려다본 천지연

중국에서 내려다본 천지연

천지연

천지연

천지연

천지연 주변 야생화

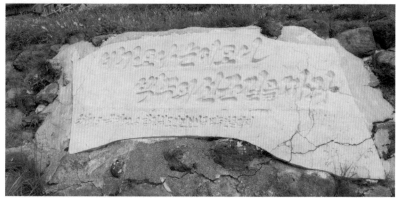

천지연 주변

천지연으로 내려가는 케이블카

개성 개국사 돌등

개성 시내

고려 박물관 내 기념품 상점

고려 성균관

개성 정몽주 하마비

정전협정 조인장

판문점 내부

북한에서 바라본 평화의집

휴전회담 담판장

6.25 당시 중공군 총사령부 내부

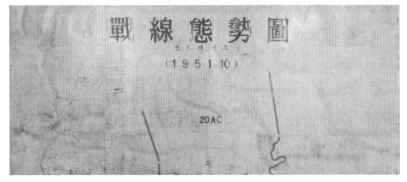

6.25 당시 중공군 총사령부 작전상황실

6.25 당시 중공군 총사령관 숙소

회창 대유동

회창 열사릉으로 가는 도중 고장 난 관광버스

평양-회창 간의 농촌 풍경

외국 유학생이 본 평양

회창 중공군 사령부 내에 있는 김일성 친필

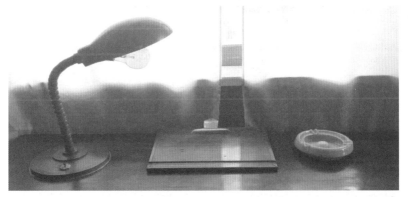

회창 중공군 사령관 숙소내부

회창 중공군 사령부 광장

김일성대학 강의실

김일성대학 교정

김일성대학 기숙사 화장실

김일성대학 본관   김일성대학 수료증

김일성대학 유학을 마치고

김일성대학 입구의 각종 구호

김일성대학 입구의 각종 구호

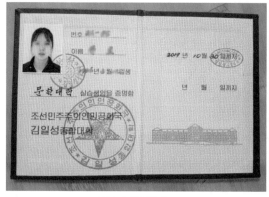

김일성대학 학생증

김일성대학

김일성대학

김일성대학 실내수영장

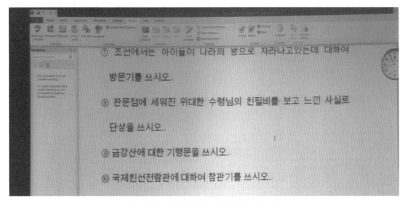

⑦ 조선에서는 아이들이 나라의 왕으로 자라나고있는데 대하여

방문기를 쓰시오.

⑧ 판문점에 세워진 위대한 수령님의 친필비를 보고 느낀 사실로

단상을 쓰시오.

⑨ 금강산에 대한 기행문을 쓰시오.

⑩ 국제친선전람관에 대하여 참관기를 쓰시오.

김일성대학 수업 중 기행문 쓰기 과제

김형직사범대학 기숙사

김형직사범대학 기숙사

김형직사범대학 식당 도시락

김형직사범대학 입구

평양 대학 식당

평양 외국인 숙소 주소

김형직사범대학 수료증

과학기술전당

대동강 철교

대동문 영화관

만경대

미래과학자거리 부근 영화관

쑥섬에 있는 과학기술전당

양각도호텔 앞

중국 창건 68주년 기념행사(평양 양각도호텔)

평양 중국대사관

조국해방전쟁승리기념관 앞

주체사상탑 앞 광장

주체사상탑 엘리베이터 입구

중앙식물원 김일성화

천리마 동상

평양 조국해방전쟁승리기념관

평양 미림승마구락부

평양 조국통일 3대 헌장 기념탑

평양 중앙식물원

평양 하나음악정보센터

평양시 문수물놀이장

평양학생소년궁전

광복지구 상업중심

광복지구 상업중심

철산 상점 과일 코너

철산 상점(수입품 전문 상점)

평양 상점

평양 제1백화점 식료품점

평양 시내 백화점

백두산 구호나무 자리

백두산 정일봉 아래에 있는 김정일 고향집 광장

백두산 리명수 폭포

백두산 밀영 소수백골

평양-삼지연 간 고려항공 기내식

삼지연호텔

원산 해수욕장 조개구이

원산항 부두

원산 앞 바다

원산항

북한 아리랑 핸드폰

평양 외화 교환 시세표

№	나 라 명 Name of Countries	단 위 Unit	시 세 (원)
1	유 로	1EUR	119. 34
2	미국딸라	1USA	106. 97
3	일 본 엔	1JPY	0. 94
4	중 국 웬	1CNY	15. 54

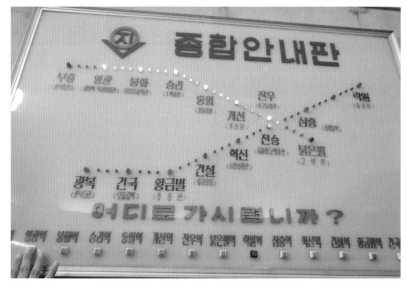

평양 지하철노선도

평양 핸드폰 유심

평양지하철 승차권

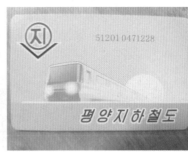

평양 지하철카드

병자호란 때 볼모로 잡혀 온 소현세자가 농사를 짓던 곳

삼학사비

심양, 압록강 다리

동평양대극장

동평양대극장 내부

동평양대극장 작곡가 김옥성
생일 기념 음악회

조선노동당 제7차대회경축 기념공연

조선노동당 제7차대회경축 기념공연

평양 제1백화점 영수증(주체 연도 사용)　　　보통강 류경상점 영수증(주체 연도 사용)

해맞이식당 영수증(주체 연도 사용)

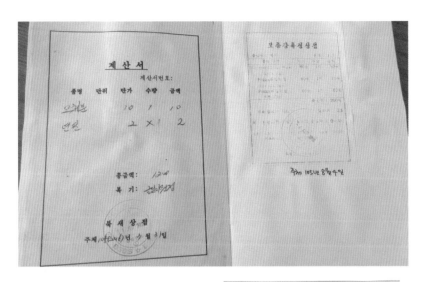

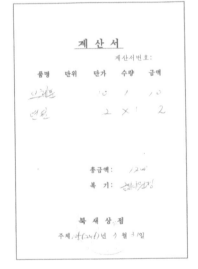

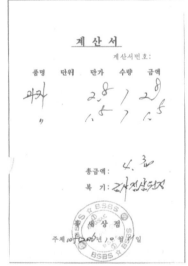

북새상점 영수증(주체 연도 사용)

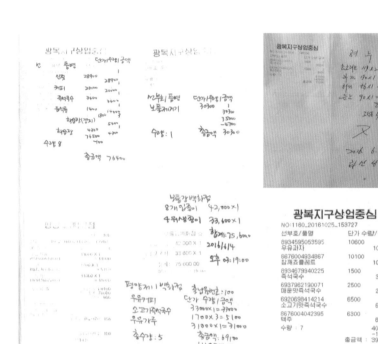

광복지구 상업 중심 영수증(주체 연도 사용)

보통강백화점 영수증(주체 연도 사용)

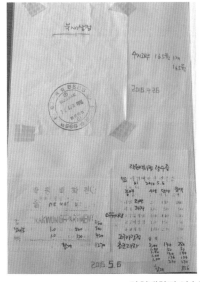

락원백화점 영수증(주체 연도 사용)

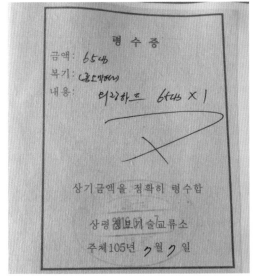

상평 정보기술교류소 영수증(주체 연도 사용)

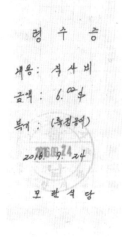

모란식당 영수증

북한 영수증

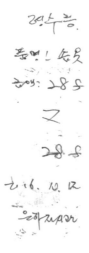 

은하사진관 영수증   조선우표사 영수증

북한화폐 200원

북한화폐 1000원

고려항공 사무실

고려항공에서 제공한 음료수

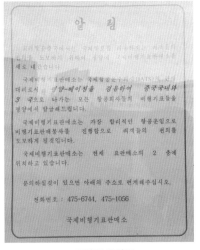

고려항공 운항표

평양 순안국제공항 대합실

평양 순안국제공항 대합실

평양 순안국제공항 수화물대

평양 순안국제공항 내 상점

평양 순안국제공항 내 상점

THIS IS NOT THE LUGGAGE TICKET (BAGGAGE CHECK)
DESCRIBED BY ARTICLE 4 OF THE WARSAW CONVENTION
OR THE WARSAW CONVENTION AS AMENDED BY THE
HAGUE PROTOCOL, 1955.

고려항공 수화물표

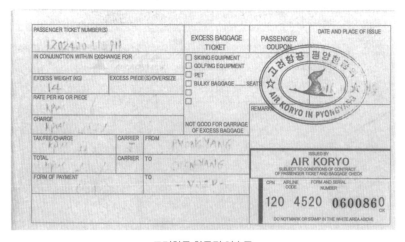

고려항공 항공권 영수증

이름 Name

출발지 From
도착지 To
항로 Flight/ 날자 Date/ 급수 Class

JS861/28JUL16

좌석번호 Seat No. 🚭

ADD : Sunan District, Pyongyang, DPR Korea
TEL : 850-2-18111   Ext : 8108
FAX : 850-2-381-4410   Ext : 4625
E-mail : airkoryo-hq@silibank.net.kp
http//www.airkoryo.com.kp

고려항공

고려항공 AIR KORYO   탑 승 표 Boarding Pass

항로
FLIGHT

좌석
SEAT

🚭

날자
DATE

급수
CLASS

목적지
DEST

이름
NAME

출구
GATE

비행기가 출발하기 5 분전에 문을닫습니다. GATES CLOSE 5 MINUTES   BEFORE DEPARTURE
손짐은 한사람이 1개씩 허용되고 공무석일때는 2개, 매짐은 20×40×55cm 초과할수 없으며 중량은 5kg 까지 허용됩니다.

고려항공 탑승권

외국 유학생이
본 평양

ⓒ 주철수, 2024

초판 1쇄 발행 2024년 3월 8일

지은이   주철수
펴낸이   이기봉
편집   좋은땅 편집팀
펴낸곳   도서출판 좋은땅
주소   서울특별시 마포구 양화로12길 26 지월드빌딩 (서교동 395-7)
전화   02)374-8616~7
팩스   02)374-8614
이메일   gworldbook@naver.com
홈페이지   www.g-world.co.kr

ISBN   979-11-388-2827-7 (03810)